나는 오늘도 달린다

나는 오늘도 달린다

새벽 30분 달리기로 갓생 살기

초 판 1쇄 2024년 04월 22일

지은이 이도영
펴낸이 류종렬

펴낸곳 미다스북스
본부장 임종익
편집장 이다경
책임진행 김가영, 윤가희, 이예나, 안채원, 김요섭, 임인영

등록 2001년 3월 21일 제2001-000040호
주소 서울시 마포구 양화로 133 서교타워 711호
전화 02) 322-7802~3
팩스 02) 6007-1845
블로그 http://blog.naver.com/midasbooks
전자주소 midasbooks@hanmail.net
페이스북 https://www.facebook.com/midasbooks425
인스타그램 https://www.instagram/midasbooks

© 이도영, 미다스북스 2024, *Printed in Korea*.

ISBN 979-11-6910-613-9 03810

값 18,000원

미다스북스는 다음세대에게 필요한 지혜와 교양을 생각합니다.

새벽 30분 달리기로 갓생 살기

나
는
오
늘
도

달

린

다

이도영 지음

이 책 『나는 오늘도 달린다』를 쓰다가 『아무튼, 달리기』를 읽었습니다. 아뿔싸, 제가 달리기에 너무나 햇병아리라는 걸 깨달았습니다. 김상민 저자는 5년 동안 5,000㎞를 뛰었고 파리, 오사카, 미국에서 마라톤을 하셨습니다. 그에 비하면 제 달리기 코스는 너무나 초라합니다. 저는 겨우 제가 사는 아파트 주변 3㎞를 달릴 뿐입니다. 그것도 걷다가 뛰다가 합니다. 제가 달리기에 관해서 책을 쓰는 것이 무슨 효용이 있을까 싶었습니다.

'종이 낭비는 아닐까?'
'출판사에 적자를 남기는 건 아닐까?'

다행히 김상민 저자는 밤에 달리셨습니다. 저는 매일 새벽에 일어나 조깅을 하거든요. 생각을 고쳤습니다. 차이점을 생각해보니 저도 나름대로 장점이 있었습니다. 저는 빨리 뛰지 않고 느리게 걷다가 뜁니다. 저는 달리면서 명상을 합니다. 시각화를 통해 저를 돌아보고 미래를 그립니다. 천천히 달리면서 뇌를 발달시키고 있습니다. 무엇보다 저는 저 자신에 대해 굉장히 관대합니다. 자신에 대해 너무나 낙관적입니다. 저를 너무 신뢰해요. 그러니 달리기 햇병아리가 이렇게 책을 낸다고 하겠죠?

다른 사람과 비교하면 안 되겠다는 생각이 들었습니다. 달리기 고수들을 바라보지 말아야겠다고 마음먹었습니다. 저는 달리기 초보니까요. 이 책은 달리기 초보가 왕초보를 위해 썼습니다. 달리기라면 학창 시절 체력 측정 이후에 한 번도 해보지 않았는데, 건강을 위해 시작해봐야겠다고 생각하신 분이라면 이 책이 딱 맞습니다. 미라클 모닝을 하고 싶은데 새벽에 일어나 무엇을 해야 할지 모르겠다 싶은 분들께도 추천합니다. 달리기 고수분들께도 올챙이 시절을 떠올려보고 싶다는 마음으로 이 책을 들어보시길 권해드립니다.

혹시나 그럴 일은 절대 없겠지만,

『아무튼, 달리기』 김상민 작가님,

『달리기를 말할 때 내가 하고 싶은 이야기』 무라카미 하루키 작가님,

『달리기는 제가 하루키보다 낫습니다』 박태외 작가님,

『뇌는 달리고 싶다』 안데르스 한센 교수님께서 이 책을 읽으신다면, 더없는 영광으로 삼겠습니다.

제 책을 읽으시고 새벽에 일어나 달리는 분이 단 한 명이라도 생긴다면 더없는 기쁨으로 삼겠습니다. 책을 쥔 바로 당신이 그 한 사람이 되길 바랍니다.

2024년 3월 새벽 이도영

독서와 글쓰기로 성장하는 선생님들이 모여 있는 '자기 경영 노트' 모임에 4년째 참여하고 있습니다. 우리를 이끌어주시는 김진수 선생님께서 단체 카톡에 사진을 한 장 올려주셨습니다. 아침에 달린 것을 인증한 사진이었습니다. 그걸 보고 저도 따라 해야겠다고 마음먹었습니다.

2021년 4월 28일부터 조깅을 시작했습니다. 제가 사는 아파트 단지 도로를 한 바퀴 돌기로 했습니다. 런데이 앱을 깔고 휴대전화를 주머니에 넣은 채 달렸습니다. 3/4 지점에 언덕이 있는데, 여기에서 뛰는 걸 멈출 수밖에 없었습니다. 숨이 차서 더 이상 뛸 수 없었거든요. 2.2㎞를 뛰는 데 16분 40초가 걸렸습니다. 1㎞로 환산하면 7분 32초 페이스였습니다.

김진수 선생님과 런데이 친구를 맺었습니다. 친구를 맺으면 그 사람의 기록도 볼 수 있는데, 선생님은 4㎞를 뛰는데 6분 페이스였습니다. 내심 경쟁심이 생겼습니다. 더 많이, 더 빨리 뛰고 싶었습니다. 근데 숨이 차서 그럴 수가 없었습니다. 그럴수록 김진수 선생님은 더 멀리, 더 빠르게 뛰었습니다. 이때 깨달았습니다. 달리기에서 다른 사람과 경쟁하면 안 된다는 것을요.

그렇게 시작한 조깅을 5월부터 석 달간 꾸준히 했습니다. 여름방학을 맞이한 8월, 세 번을 뛰고 나서 운동을 이어나가지 못했습니다. 그 이후 다음 해 4월까지 쉬었습니다. 왜 운동하지 못했을까요? 지금 생각해보면 두 가지 이유였습니다.

첫째, 재미가 없었습니다.
둘째, 남과 비교하며 뛰었기 때문입니다.

사실, 달리기는 지루합니다. 숨이 차올라 힘이 드는데 뛰어야 할 거리는 한참이나 남아 있습니다. 달리기가 지겹고 힘들다고 생각할수록 아침에 일어나기가 점점 힘들어집니다. 어제 술을 마셨으니까, 늦게 잤으니까, 간밤에 꿈자리가 좋지 않았으니까, 너무 더우니까, 하루쯤은 괜찮다고 핑계를 댑니다. 누구나 그렇듯 처음의 결심은 흐지부지되고 말았습니다.

2022년 5월, 8개월을 쉬고 다시 조깅을 시작했습니다. 어떤 이유였는지는 모르겠습니다. 김진수 선생님도 더 이상 달리기를 인증하지 않았던 시절이었습니다. 이번엔 큰마음을 먹었습니다. 아파트 단지 대로를 두 바퀴 돌기로 했습니다. 4.2㎞를 뛰는 데 28분이 걸렸습니다. 1㎞를 6분 40초 페이스로 뛰었어요. 똑같은 속도로 거리를 두 배나 늘렸으니 자신감이 하늘을 찔렀습니다. 땀을 흘리며 뛴 스스로가 대견하고 멋졌습니다. '역시 나는 한 번 한다고 마음먹으면 하는구나!' 싶었습니다.(평소 아내는 저의 긍정적인 생각이 참 부럽다고 합니다.) 그렇게 거리를 늘려 달리기를 하는데 일곱 번째 날 이상 신호가 찾아왔습니다. 경사진 언덕을 뛰어 내려오는데 갑자기 왼쪽 골반이 아팠습니다.

재활의학과 병원에 가서 의사 선생님께 물었습니다.

"그냥 달리기만 했는데 아플 수가 있나요?"

의사 선생님께서 말씀하셨습니다.

"한 아저씨가 똑같은 말씀을 하셨어요. 30년 동안 뛰었는데 어떻게 갑자기 아플 수가 있냐고요. 30년 운동하신 분도 다치는 게 달리기예요."

일주일 동안 물리치료를 받고 약을 먹었습니다. 도수치료를 받으라고 하셨지만, 금액이 너무 비쌌습니다. 한 번 치료받는 데 10만 원이었습니다. 유튜브로 골반 운동을 찾아보고 병원에 가지 않았습니다. 다시 한 달을 쉬었습니다. 이번에는 한 바퀴만 뛰었습니다. 골반이 또 아플까 봐 마음이 불편했습니다. 걱정하면서 조깅을 하다가 운동을 그만두었습니다. 이번에 운동을 쉴 수밖에 없었던 이유는 오직 한 가지였습니다. 제 능력을 넘어서서 무리하게 뛰었기 때문입니다.

두 달을 쉬고 11월부터 다시 달리기를 시작했습니다. 그리고 1년 5개월 넘게 쉬지 않고 아침에 일어나 운동하고 있습니다. 오늘도 새벽 5시에 일어나 달리고 왔습니다. 추운 겨울에도 운동했습니다. 2024년 1월에는 31일 중 18일을 뛰었습니다. 한 달간 52.42㎞를 뛰고 2,956㎉를 소모했습니다. 지금까지 총 126시간 32분을 뛰었고, 거리는 810㎞를 넘었습니다. 서울에서 부산까지 왕복하는 거리를 달렸습니다. 얼마 전, 5만 칼로리를 넘었다면서 런데이에서 축하를 해주었습니다.

무엇보다 이제는 달리는 것이 힘들지 않습니다. 새벽에 일어나 운동하러 나가는 일이 어렵지 않습니다. 운동하러 가지 말까 고민하지 않습니다. 오히려 달리기가 기대되고 즐거운 일이 되었습니다. 도대체 그 비결이 무엇이냐고요? 성격도 급하시지. 비법은 차차 말씀드리겠습니다. 우선 오늘 30분 동안 운동했던 과정을 말씀드리겠습니다. 달리기가 쉬워지는 비결이 무엇인지 실마리를 찾아보세요.

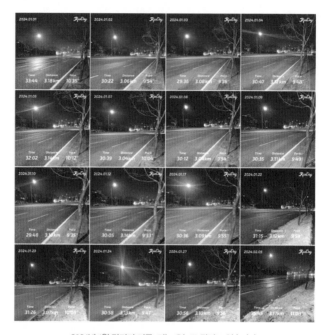

2024년 1월 달리기 기록. 저는 오늘도 달리고 있습니다.

1
장

스
타
트
라
인
에 서 다

1. 오늘도 내게 주문을 건다

–

오늘은 2023년 8월 1일입니다. 새벽 4시 반에 일어났습니다. 어제 9시 30분에 자려고 누웠습니다. 날이 더워서 선풍기를 틀고 잤는데요. 베란다 창문을 열어놓았더니 새벽바람이 차서 중간에 깼습니다. 대관령에서 불어오는 바람이 새벽에는 춥게 느껴졌습니다.

저는 알람이 울리면 바로 일어나지 않습니다. 어떤 꿈을 꾸었는지 떠올려봅니다. 바로 일어나버리면 내용이 기억나지 않거든요. 핸드폰 메모장을 열어서 기억나는 대로 키워드만 적었습니다. 작년에 근무했던 학교에서 보드게임 '스플렌더'로 대회를 열었습니다. 대학교 동기였던 친구와 같은 팀이 되었습니다. 카드를 뒤집었는데 〈오바마 영어연설문〉에서 나온 문장이 영어로 쓰여 있는 게 보였습니다. '오늘도 개꿈을 꾸었구나.' 중얼거리고 일어납니다.

거실에 나가 약 하나를 입에 털어넣고 시원한 물 한 잔을 마십니다. 일어나자마자 운동을 나가면 몸이 삐걱거리기 때문에 오랫동안 스트레칭을 해야 합니다. 운동복으로 갈아입고 고양이 자세를 합니다. 허리에서 삐거덕 소리가 나더니 이내 부드러워지는 느낌이 납니다. 깍지를 끼고 머리 위로 쭉 뻗어 올립니다. 키가 1㎝ 커진다고 느껴지면 깍지를 등 뒤로 들어 올립니다. 들어 올리는 각도가 처음보다 많이 커졌습니다. 주먹을 턱 앞에 맞대고 팔을 양쪽으로 벌린 후 고개를 들면 어깨가 시원합니다. 현관문을 나서고 마지막 스트레칭을 합니다. 엘리베이터가 도착할 때까지 쪼그리고 앉아서 왼쪽, 오른쪽 발을 눌러줍니다. 지하 2층에 도착하면 런데이 앱을 켜서 자유 달리기를 시작합니다. 오늘이 209번째 뛰는 거라고 친절히 알려주네요. 천천히 걸으며 주문을 외칩니다.

나 이도영은 아내에게 매일 사랑한다고 두 번씩 이야기한다.
나 이도영은 아내에게 속마음을 이야기한다.

나 이도영은 미리 계획해서 아내에게 제안한다.

나 이도영은 아들에게 매일 책 한 권을 읽어준다.

나 이도영은 아들과 놀 때 핸드폰을 하지 않는다.

나 이도영은 아들을 제대로 훈육한다.

가족에 대한 주문을 걸고 나면 조금 빠른 속도로 걷습니다. 입으로는 제가 앞으로 되고 싶은 모습 일곱 가지를 말합니다.

나 이도영은 엄청난 집중력과 독해력으로 책 한 권을 두 시간 안에 읽는다.

나 이도영은 힘든 상황일수록 더욱 강해지는 안티프래질한 사람이다.

나 이도영은 열정이 샘솟아 주변 사람들에게 긍정의 에너지를 전한다.

나 이도영은 달달한 남편이자 자랑스러운 아빠다.

나 이도영은 대한민국 국가대표 선생님이다.

나 이도영은 교보문고 종합 TOP 10 베스트셀러 작가이다.

나 이도영은 남들보다 10배 높은 사고력과 행동력을 가지고 있다.

일곱 가지 주문을 마치고 나면 아파트 정문을 빠져나와 대로변을 걷게 됩니다. 다리는 빠르게 움직이면서 입으로는 앞으로 이루고 싶은 소원 다섯 가지를 빕니다.

나 이도영은 2024년에 구독자 10만 명의 유튜버가 되었다.

나 이도영은 2024년에 수업혁신연구대회에서 전국 1등급을 받아 교육부 장관 표창을 받았다.

나 이도영은 2025년에 교보문고 종합 TOP 3 베스트셀러 작가가 되었다.

나 이도영은 2025년에 아이스크림에서 〈초등 논어 수업〉 직무 연수를 개설했다.

나 이도영은 2025년에 〈세바시〉에 출연해서 강연을 하였다.

모든 주문을 걸었습니다. 이제 골목길을 뛰기 시작합니다. 오늘도 새벽에 일어나 조깅을 한 덕분에 소원이 이루어졌다고 생각합니다. 자연스럽게 힘이 나서 씩씩하게 달립니다. 처음에는 1단계 호흡을 합니다. 발을 딛는 네 번 동안 코로 숨을 들이마시고, 다음 네 번 동안 입으로 숨을 내쉽니다.

1단계 호흡을 하는 동안 머릿속으로는 100에서 7씩 뺍니다. 93, 86, 79, 72, …, 16, 9, 2. 숨쉬기가 서서히 힘들어지는 이때가 2단계 호흡을 할 시간입니다. 코로 숨을 세 번 들이마시고 입으로 세 번 숨을 쉽니다. 호흡을 짧게 하면 뛰는 게 편안해집니다. 얼마 전 새로 생긴 금별맥주에서 환한 불빛이 새나오는 게 보이네요. 골목길을 빠져나와 대로에 나올 때까지 2단계로 뜁니다.

횡단보도를 건너 언덕까지 3단계 호흡으로 달립니다. 숨을 두 번 들이마시고 두 번 숨을 내쉽니다. 아뿔싸, 좁은 길인데 앞에 할머니께서 걸어가고 계시네요. 아스팔트 길로 내려와 추월합니다. 힘들지 않은 척 호흡을 가다듬고 뜁니다. 저기 고지가 보입니다. 마지막 힘을 짜냅니다. 드디어 주유소 앞에 도착했습니다. 숨이 가쁘고 심장이 바운스 바운스 두근댑니다. 가쁜 숨을 내쉬며 언덕을 걸어갑니다.

마음속으로 '감사합니다, 사랑합니다.' 여러 번 되뇝니다. 이것으로 소원이 이루어졌다고 말합니다. 오늘도 멋지게 조깅을 성공했다고 자축합니다. 언덕을 올라 코너를 돌고 내려오는 길에 동쪽에서 해가 뜨는 게 보입니다. 핸드폰 카메라로 사진을 찍습니다. 이따가 오늘 운동을 단톡방에 인증해야 하거든요.

집으로 돌아오는 길은 계단을 이용합니다. 지하 2층에서 13층까지 걸어 올라가면서 논어 구절을 생각합니다. 집에 도착하면 옷을 벗고 팔굽혀펴기를 합니다. 파이크 푸시업 스물다섯 번, 그냥 팔굽혀펴기 스물다섯 번. 단단해진 가슴을 주먹으로 두드려봅니다. 거실에 놓인 체중계에 올라갑니다. 74.9kg, 일의 자리가 바뀌었습니다. 속으로 쾌재를 불러봅니다.

이제 씻으러 갑니다.

계단을 올라오니 태양이 올라왔습니다. 잠시 창문에서 일출을 감상합니다.

2017년 사랑하는 아내와 결혼했습니다. 결혼할 때 스튜디오 촬영을 하잖아요? 아내도 예뻤고, 저도 멋졌습니다. 결혼할 때 체중이 72kg이었습니다. 날렵한 턱선에 뱃살도 없었습니다. 몸에 딱 맞는 정장이 날개가 되어주었습니다. 그 당시 멋졌던 우리는 어디로 사라졌을까요?

결혼하고 아이가 생겼습니다. 아내는 아내대로 저는 저대로 살이 쪘습니다. 다들 아이가 생기면 살이 빠진다고 했는데, 아니었습니다. 오히려 살이 늘어났습니다. 2019년 거울 속 제 모습이 믿기지 않았습니다. 배는 남산만 하게 나왔고 얼굴은 호빵이었습니다. 아내는 "둘째 가졌어요? 이 정도면 만삭이에요."라고 놀렸습니다. 인생 최고의 무게를 찍었습니다. 82kg. 2년 만에 10kg이 늘었습니다.

지금은 몸무게가 74~75kg을 왔다 갔다 합니다. 연예인처럼 조각 몸매를 갖고 있지는 않지만, 이 정도 몸에 만족합니다. 뱃살은 남아 있지만, 근육도 적당히 있으면서 보기 좋은 수준이라고 생각합니다.(저는 제 자신에게 무척 관대해요.) 따로 다이어트를 하지 않으면서도 살을 뺀 비결은 달리기입니다. 일주일에 다섯 번, 하루 30분 뛴 것치고는 얻은 게 정말 많습니다.

우선 체력이 좋아졌습니다. 처음 달리기했던 날이 생각납니다. 1km를 뛰니까 너무 힘들어 경사진 언덕 앞에서 멈출 수밖에 없었습니다. 며칠을 뛰어도 마찬가지였습니다. 그곳이 마의 구간이었습니다. 한 달을 지나 두 달이 넘어가니 그곳을 거쳐 더 달릴 수 있었습니다. 언덕을 넘어도 힘들지 않은 저를 발견했습니다. 기쁘고 뿌듯했습니다. 체력이 좋아지니 삶이 달라졌습니다.

전에는 일하고 집에 오면 피곤해서 아이 돌보는 게 힘들었습니다. 아이에게 책을 읽어주다가 졸았습니다. 졸고 있는 저를 아이가 흔들어 깨웠습니다. 집안일도 너무 귀찮았습니다. 설거지하고, 빨래를 널고 개는 일이 무척 힘들었습니다. 이제는 아이를 하원시키고 놀이터에서 함께 축구도 하고, 저녁에 집안일도 힘들지 않게 합니다. 몸이 힘들지 않으니 짜증 내는 횟수도 줄었습니다. 그동안 아이를 먹이고, 씻기고, 입히면서 한숨을 많이 쉬었는데 이제는 힘들다는 느낌이 그다지 없습니다. 힘쓰는 걸 몸이 받아주는 느낌이 듭니다. 한숨을 내쉬지 않고 아이에게 웃으며 장난을 겁니다. 몸이 뒷받침되니 마음의 여유가 생겼습니다.

아내에 관한 생각에도 변화가 생겼습니다. 저는 실수를 많이 해서 아내에게 자주 혼납니다. 어제도 "자동차 운전을 왜 이렇게 거칠게 해요? 깜빡이를 제대로 넣어야죠." 한 소리 들었습니다. 식당에서 점심을 기다리는데 아내에게 문자가 왔습니다. 자동차 문을 잠그지 않았다고 연락이 온 겁니다. "아, 진짜 싫다." 잔소리를 들었습니다. 저녁에는 세탁하는데 세제만 넣고 과탄산소다를 넣지 않았습니다. 여름에는 빨래에서 냄새가 난다고 아내가 과탄산소다를 넣으라고 했는데 깜빡한 겁니다.

예전에는 아내에게 혼이 나면 참기가 힘들었습니다. 한두 번까지는 괜찮은데 세 번 콤보를 맞으면 저도 화가 났습니다. 땅이 꺼지라고 한숨을 쉬고 똥 씹은 표정을 지었습니다. 아내가 싫어졌습니다. 왜 내가 하는 행동에 실수만 이야기하는지 이해가 되지 않았습니다.

조깅하고 나서는 마음의 여유가 생긴 덕분에 아내에게도 마음이 열립니다. 과탄산소다를 넣고 빨래를 했는데 아내가 세탁 세제를 잘 넣었는지 또 확인하러 달려왔습니다. 화내지 않고 말했습니다.

"이제 저도 진화했어요. 이도일로요."

사람들은 운전할 때 자기 본성이 드러난다고 하죠? 교통 규칙을 지키지 않는 차, 얌체 운전을 하는 차, 위험하게 운전하는 차를 보면 화가 납니다. 저도 예전에 그랬습니다. 운전해서 급히 가야 하는데 천천히 가는 차가 길을 막으면 답답하고 힘들었습니다. 고속도로에서 천천히 가는 트럭이 길을 막으면 욕이 나왔습니다. 하지만 이제는 괜찮습니다. 그러려니 합니다. 덩달아 '천천히 가면 되지.' 합니다. 저 사람도 일부러 나를 방해하려고 그러지 않았다는 걸 생각합니다. 그러면 상황이 이해되고 마음이 차분해집니다. 마음의 여유는 체력에서 나옵니다.

작년 여름에 건강검진을 받았습니다. 피를 뽑고 엑스레이를 찍기 전에 설문 조사하잖아요? 고혈압이 있는지, 평소에 먹는 약이 있는지 묻는 것 말입니다. 거기에 이런 문항이 있습니다.

하루 평균 담배 몇 개비를 피우십니까?
지난 일 년간 술을 마신 횟수는 어느 정도입니까?
평소 일주일간 숨이 차게 만드는 운동을 며칠 하십니까?

저는 아내를 만나고 담배를 끊었습니다. 음주는 한 달에 한 번 할까 말까 합니다. 운동은 일주일에 다섯 번 한다고 체크했습니다. 설문 조사를 하는데 왜 그렇게 으쓱하던지요. 우쭐한 마음이 들었습니다.

'이봐, 난 일주일에 다섯 번이나 조깅한다고. 여기, 나만큼

운동하는 사람 있어?'

앞으로 건강검진 설문 조사에는 마음의 여유를 묻는 질문을 추가해야 합니다.

1. 일상생활 속에서 자신에게 주는 시간이 있습니까? 어떻게 그 시간을 활용하십니까?
2. 스트레스를 느낄 때 자신의 마음을 안정시키는 방법은 무엇입니까?
3. 여유롭고 평화로운 마음을 갖기 위해 자신이 즐기는 활동이나 취미가 있습니까?

저는 새벽 달리기를 합니다.

어김없이 새벽 5시에 일어나 조깅을 하고 왔습니다. 오늘
은 달리기가 조금 힘들었습니다. 평소와 다른 기분이 들었습
니다. 다리가 무겁고 속도가 나지 않았습니다. 달리다가 느
낌이 왔습니다.

'아, 어제 너무 무리했구나.'

어제 강릉 최고기온은 39도였습니다. 전국에서 가장 더웠
습니다. 땡볕에 여기저기 돌아다녔더니 힘들고 지쳤습니다.
그 여파가 아침 달리기에 영향을 준 것 같습니다. 순간, 오늘
은 뛰지 말고 걸을까 싶었습니다. 그래도 어쩌겠어요. 천천
히 가도 좋다는 생각으로 뛰었습니다. 평소보다 보폭을 줄이

고 속도도 줄였습니다. 힘들어도 정해진 거리를 뛰었습니다. 주유소에 다다라 걸으면서 생각했습니다.

'몸이 힘든데도 불구하고 뛰다니. 도영아, 너 좀 멋지다!'

여름에는 해가 일찍 떠서 잘 볼 수 없는데요. 가을이 되고 날씨가 추워지면 제가 살피는 것이 있습니다. 이걸 확인하면 셀프 칭찬이 더 세집니다. 저 자신을 높이 평가하기 때문에 자기 효능감이 올라갑니다. 제 자존감을 높여주는 이것은 과연 무엇일까요?

바로 아파트 불빛을 확인하는 겁니다. 새벽에 일어나 지하 주차장을 나서면 아파트 창문으로 불빛을 볼 수 있습니다. 아파트 한 동의 두세 가정에서 불빛이 새어나오고 대부분 꺼져 있습니다. 한눈에 봐도 전체 열 가구 정도만 불이 켜져 있습니다. 이제 슬슬 일어나 아침을 시작하는 거죠. 다른 사람들은 모두 자고 있는 시간에 일찍 일어나 하루를 준비하는 부지런한 분들입니다. 하지만! 저는 그분들보다 앞서가는 게 있죠. 저는 일찍 일어나 이미 뛰고 있습니다. 이 사실만으로도 자기 효능감이 높아집니다.

'나는 무슨 일이든 할 수 있다.'라는 믿음이 자기 효능감이
잖아요? 새벽녘, 아파트 불빛을 바라보며 달리다 보면 저에
대한 믿음이 강력해집니다. 우리 아파트는 900세대이고, 옆
아파트는 800세대입니다. 1,700세대가 넘는 단지에서 이렇
게 뛰고 있는 사람이 별로 없다는 사실이 제 자존감을 높여
주었습니다.

여러분, 성공이 뭐라고 생각하세요? 조깅을 이야기하다가
갑자기 성공을 이야기해서 뜬금없을 겁니다. 그래도 잠깐만
생각해보세요. 성공이 뭘까요? 성공 하면 우리는 많은 돈을
생각합니다. 좋은 집, 비싼 자동차, 뛰어난 학벌, 수준 높은
직업을 떠올립니다. 하지만, 사회적으로 높은 지위에 오르
거나 세상에 이름을 떨치는 것만이 성공은 아닙니다. 진정한
성공은 자기 자신을 이기는 일입니다. 성공은 미래에 이루어
지는 게 아닙니다. 오늘 당장 성공할 수 있습니다. 귀찮지만
방을 청소하면 성공입니다. 하기 싫은 공부를 기쁜 마음으로
열심히 하면 성공입니다.

제가 한 말이 아닙니다. 『논어』 제12편 1장에서 공자께서 말씀하셨습니다. 제자 안연은 인(仁)이 무엇인지 공자님께 물어봅니다.[1] 공자가 말합니다.

"자기를 이겨내고 예로 돌아가는 것이 곧 인(仁)을 행하는 것이니, 단 하루라도 극기복례를 행한다면 천하도 그런 사람을 인(仁)하다고 인정해 줄 것이다. 인을 행하는 것은 자기 자신에서 비롯되는 것이지 어찌 남에게서 비롯되겠는가?"

우리가 알고 있는 성공한 사람들은 매일 극기복례를 한 사람입니다. 손흥민 선수는 어릴 때 매일 여섯 시간씩 공 다루는 법을 익혔습니다. 5학년 때는 슈팅 연습을 하루에 1,000번이나 했습니다. 지겹고 힘든 훈련을 이겨냈습니다.

김연아 선수는 1년에 1만 번 이상 턴 연습을 했습니다. 점프하다가 넘어지는 횟수가 1년에 1,800번이나 됐습니다. 훈련이 힘들고 고되지 않았을까요? 당연히 하기 싫은 마음이 들었을 겁니다. 손흥민 선수와 김연아 선수는 힘들고 하기

---

1 『논어』, 공자, 홍익출판사, 269~270쪽

싫은 마음을 이겨내고 자신을 극복했습니다.

김연아 선수를 다룬 다큐멘터리에서 이런 장면이 나옵니다. 김연아 선수가 스트레칭을 시작하자 옆에 있던 카메라 감독이 묻습니다. "무슨 생각을 하면서 스트레칭을 하세요?" 그러자 김연아 선수가 대답합니다.

"무슨 생각을 해. 그냥 하는 거지."

행동을 하기 전에 생각이 많아지면 그 행동을 할 수 없습니다. 하지 말아야 할 이유가 생깁니다. '오늘만 좀 쉴까? 내일부터 하자.' 생각이 많아지면 나를 극복할 수 없습니다. 반대로 해야 합니다. 자신을 극복하면 기분 좋은 생각이 듭니다. 기쁘고 뿌듯합니다. 우리는 생각을 너무 많이 하지 말고, 나를 극복하는 행동을 해야 합니다.

성공은 미래에 있지 않습니다. 우리는 오늘 당장 성공할 수 있습니다. 나를 극복하는 행동을 한 순간, 우리는 성공한 겁니다. 여러분은 오늘 어떤 성공을 하실 건가요? 무엇으로 자기를 극복할 생각이신가요?

저는 오늘 이미 성공을 경험했습니다. 저를 극복하고 왔습니다. 새벽 달리기로요.

지하 주차장을 나와 아파트 창문에 켜진 불빛을 확인합니다.

2016년 처음으로 6학년 담임을 맡았습니다. 첫 두 달은 문제없이 지나갔습니다. 5월부터 남자아이들 7~8명이 수업을 훼방 놓았습니다. 제 말은 듣지도 않았고 아예 무시했습니다. 자기들끼리 얘기해서 수업이 진행되지 못했습니다. 아이들에게 화도 내고, 부탁도 하고, 회유도 해봤지만 진전이 없었습니다. 그 아이들의 횡포에 피해를 보던 다른 학생들도 할 말을 하지 못했습니다. 점차 교실은 난장판이 되었습니다. 교실이 붕괴했습니다.

6월 초 어느 날, 6교시 수업이었습니다. 아이들의 방해로 수업이 제대로 이루어지지 못했습니다. "내가 이러려고 힘들다는 6학년을 맡았던 것이 아니다. 너희들 때문에 너무 괴롭다."라고 했더니 강희(가명)가 뒤에서 말했습니다.

"그럼 6학년을 맡지 말았어야죠."

교실을 나와 바로 옆 화장실로 갔습니다. 가슴이 너무 아파 숨을 크게 쉬어야 했습니다. 아이의 말이 "넌 선생님이 되지 말았어야지."라는 말로 느껴졌습니다. 다른 아이들을 모두 보내고 강희와 대화를 나눴습니다. 그 아이 앞에서 울었습니다. 아이도 함께 울었습니다.

이후에도 교실은 나아지지 않았습니다. 학교에 계신 모든 분께 교실 상황을 이야기했습니다. 돌아가면서 우리 반 교실에 들어와 참관해주시기로 했습니다. 남자아이들의 억눌린 에너지를 풀어주고자 방과 후에 복싱을 배우게도 했습니다. 소용이 없었습니다. 아이들은 힘이 약한 아이를 따돌렸습니다. "느금마, 네 얼굴 실화냐?" 등의 혐오 표현이 난무했습니다. 성관계를 연상시키는 행동을 교실에서 서슴없이 했습니다.

학교에 출근하는 것이 너무 싫었습니다. 제 존재가 필요 없는 공간 같았습니다. 아이들이 무서웠습니다. 아이들 앞에

설 용기가 나지 않았습니다. 그렇게 버티고 버티다 졸업 날이 되었습니다. 다른 선생님들께서 "수고했다. 이제 속 편하게 방학을 보내라." 말씀하셨습니다. 저도 아이들을 졸업시키면 마음이 편해질 줄 알았지만, 전혀 그렇지 않았습니다. 마음이 여전히 무거웠습니다.

전국에 있는 모든 선생님이 비슷한 상황에 처해 있습니다. 고학년은 고학년대로 교실에서 생활하기가 힘듭니다. 저학년 선생님은 학부모와의 관계로 스트레스를 받습니다. 교사가 행복해야 아이들도 행복한 법인데, 갈수록 선생님들의 여건은 나빠집니다. 힘이 빠지는 일들이 많아집니다. 학부모, 학생은 물론이고, 동료 선생님들, 교육부 행정 지침 등 대응해야 할 대상과 업무 종류가 너무 많습니다. 학생들의 장래를 책임지는 선생님이라는 책임과 사명감도 안고 있습니다. 학부모의 눈길과 사회적인 시선도 날카롭습니다. 교사 10명 중 4명은 심한 우울 증상이 있고, 6명 중 1명은 극단적인 선택을 생각한 적 있다는 설문 결과도 있습니다. 교사들의 우울증이 4년 사이에 2배로 늘었습니다.

교사 우울증을 해결하기 위해서는 큰 틀에서 지원이 필요합니다. 교사에 대한 사회적 지원과 정책이 뒷받침되어야 합니다. 아동복지법 개정과 선생님에 대한 심리치료도 필요합니다. 그리고 무엇보다 교권이 회복되어야 합니다. 저는 개인적으로 우울증을 느끼시는 선생님들께 달리기를 권합니다.

『뇌는 달리고 싶다』라는 책에서는 우울증이 생기면 뇌가 쪼그라든다고 합니다. 우울증은 뇌 신경세포가 살아나지 못해 발생합니다. 뇌세포 재생 능력이 감소하면 무기력하고 우울해지며 기억력이 떨어집니다. 우울증이 너무 심해 새로운 뇌세포를 만드는 능력이 없어지면 항우울제도 무용지물입니다. 그러니 우울증을 회복하려면 뇌세포 재생이 꼭 필요합니다. 그럼 뇌세포는 어떻게 살아날 수 있을까요?

유산소운동을 하면 뇌세포의 재생 속도가 두 배로 빨라집니다. 특히 뇌 속 해마의 치상회라는 부분이 활성화됩니다.[2] 치상회는 주변 환경에서 미묘한 차이를 구분하는 능력을 담

---

2   『뇌는 달리고 싶다』, 안데르스 한센, 반니, 173~175쪽

당하는 부위입니다. 달리면 이 부위에 세포 재생이 일어납니다. 달리기가 우울증 치료에 효과적인 이유가 여기에 있습니다. 우울증을 앓는 사람은 정서적인 생활이 줄어들고, 결국 삶의 미묘한 측면을 놓칩니다. 우울한 사람은 삶이 칙칙하고 음울하게 느껴집니다. 반면, 치상회에서 뇌세포 재생이 활발하게 일어나면 삶에서 조금 더 미묘한 부분을 파악하고, 희망의 불빛을 볼 수 있습니다.

미묘한 부분을 파악한다는 것은 삶을 더 풍요롭게 산다는 말입니다. 『여덟 단어』라는 책에서는 '시청'과 '견문'을 비교합니다.[3] 흘려 보고 대충 듣는 일이 시청이고, 자세히 보고 충실히 듣는 일은 견문입니다. 치상회에서 세포 재생이 활발히 일어나면 주변 상황에서 달라진 부분을 알아챕니다. 시청하지 않고 견문합니다. 그러니 달리기를 하면 직장 생활이 아무리 힘들어도 그것에 빠져 힘들기만 한 것이 아니라, 다른 측면에서 좋은 점을 찾고 힘을 낼 수 있습니다.

2016년에 저는 퇴근하면 힘들다며 저녁에 술을 마시고 누

---

3 『여덟 단어』, 박웅현, 북하우스, 110쪽

워 있었습니다. 제가 처한 문제 상황에서 도망치고 싶었습니다. 술을 마시면 잠깐 현실을 벗어날 수 있었습니다. 하지만 그럴수록 아침에 일어나기가 힘들었습니다. 지금 다시 그 상황에 부닥친다면 회피하지 않고 직면할 겁니다. 달리기를 할 것입니다.

힘든 시절을 버틸 수 있었던 원동력은 주변 선생님들입니다. 힘든 제게 위로와 따뜻한 말씀을 해주셨습니다. 이 자리를 빌려 다시 한번 감사의 말씀을 드립니다. 고맙습니다.

2023.08.04

RunDay

Time	Distance	Pace
17:08	2.15 km	7'56"

저는 매일 바뀌는 날씨와 풍경을 견문합니다.

2장

내가
몰라보게 달라지다

1. 말랑말랑한 뇌 만들기

―

⁎

　결혼하기 전에는 시내버스를 타고 출근했습니다. 버스에서 내리면 정류장에서 학교까지는 걸어갔습니다. 버스를 갈아타야 해서 시간도 오래 걸리고 힘들었지만, 덕분에 몸을 움직일 수밖에 없었습니다. 결혼하고 자동차가 생기면서 차를 몰고 학교에 출근했습니다. 걷는 거리가 확 줄었습니다. 따로 운동하는 시간을 마련하지 않으면 직접 발로 움직이는 동선이 너무나 짧아졌습니다.

　지금 우리는 건물에서도 엘리베이터나 에스컬레이터로 이동합니다. 컴퓨터와 스마트폰을 이용하면서 신체 활동은 더 줄어들었습니다. 직장에서는 앉아서 일하고, 집에서는 소파에 편히 누워 생활합니다. 문명이 발달할수록 우리는 점점 몸을 움직이지 않습니다. 움직임이 적은 생활은 뇌에 새로운 자극 없이 같은 반응만 줍니다. 몸이 게을러질수록 우리 뇌도 나태해집니다.

뇌를 활성화하는 방법은 무엇일까요? 보통 뇌를 발달시키기 위해서는 '뇌 훈련' 같은 게임을 해야 한다고 생각합니다. 하지만 게임은 놀이에 필요한 단순한 기능만 높아지게 하고, 뇌에는 별다른 자극을 주지 못합니다. 뇌를 발달시키기 위해서는 몸을 움직여야 합니다. 특히 달리기 같은 유산소운동은 기억력과 집중력을 높이고 뇌의 노화를 늦춥니다.

달리기를 하면 어떻게 뇌가 발달하는 걸까요? 유산소운동을 통해 심장박동수가 증가하면 신경세포 성장인자 BGF(Brain Growth Factor)의 혈중 수치가 증가합니다. BGF는 심박수가 높아진 상태에서 심장과 근육에서 분비됩니다. BGF는 뇌세포 성장에 비료 역할을 하는 물질입니다. BGF는 뇌세포의 성장을 촉진하고, 뇌세포가 소멸하는 걸 막습니다.

또한, 달리기를 하면 인슐린 유사 성장인자, 혈관 내피세포 성장인자, 섬유아세포 성장인자 등도 함께 분비됩니다. 이 물질들은 다양한 과정을 거쳐 우리 정신을 최적화합니다. 덕분에 각성도와 집중력이 높아집니다. 우리는 일하다가 집중력이 떨어지거나 피곤할 때 커피를 찾습니다. 달리기는 카페인 없이도 전반적인 삶의 의욕과 일의 능률을 높일 수 있습니다.

마지막으로, 뇌세포 자체도 기능이 좋아집니다. 단기 기억이 장기 기억으로 바뀌는 속도가 빨라집니다. 새로운 뇌세포가 만들어지고, 창의력이라고 알려진 뇌의 인지적 유연성도 대폭 증가합니다. 쉽게 말해서 달리면 뇌가 폭발적으로 발달합니다.

어려운 이야기는 여기까지 하고, 지금부터는 제 경험을 들려드리겠습니다. 저는 머리가 그다지 좋지 못합니다. 친구들과 보드게임을 하면 항상 졌습니다. '우봉고'를 하면 항상 맨 마지막에 퍼즐을 완성했고, '클루'를 하면 누가 범인인지 맞히기가 어려웠습니다. 자연스럽게 자신감이 떨어졌습니다. 새로운 보드게임을 하려고 하면 위축되고 하기 싫었습니다.

학창 시절에는 공부도 무식하게 했습니다. 교과서를 한 번에 이해하지 못하고 여러 번 반복해서 읽었습니다. 자연히 공부하는 시간이 오래 걸렸습니다. 밤늦게까지 공부했지만 남는 것이 없었습니다. 한 번 읽고 이해하는 친구들이 너무나 부러웠습니다. 물론 나중에 공부법이 잘못됐다는 걸 깨닫기는 했지만, 머리가 좋지 않은 것은 분명했습니다.

대학교 1학년 때는 이런 일도 있었습니다. 교양 수업 중간 과제가 리포트 1장으로 자기 생각을 써오는 것이었는데, 저는 이 과제가 힘들다고 편법을 썼습니다. 글쓰기 과제를 끝낸 동기들에게 파일을 받아 짜깁기해서 교수님께 제출했습니다. 나중에 동기들에게 들켰습니다. 과제를 내는 날 아침, 친구들이 과제를 누구에게 보여주었는지 이야기했습니다. "어, 너도 도영이한테 파일 보내줬어? 나도 보냈는데?"라는 현정이의 말을 들었을 때는 쥐구멍에 들어가고 싶은 심정이었습니다. 한심함이 잔뜩 묻어 있는 시선이 아직도 기억납니다. 이후에는 스스로 과제를 했지만, 저에게는 여전히 글 쓰는 일이 너무 힘들고 어렵습니다.

그랬던 제가 새벽 달리기를 하자 많은 것이 달라졌습니다.

2021년, 달리기를 시작하고 책을 쓰기 시작했습니다. 초고를 완성해서 여러 출판사에 투고했습니다. 감사하게도 비비투 출판사와 출간 계약을 맺었습니다. 계약 후 1년 동안 퇴고를 한 끝에 『초등 논어 수업』이라는 책을 낼 수 있었습니다. 아침에 글을 쓰면서도 새벽 달리기는 빼먹지 않았습니다. 처음에는 달리기하던 그 시간에 글을 써야겠다는 생각도 들었습니다. 조깅하고 씻으면 6시, 출근하려면 글 쓰는 시간이 1시간도 되지 못했습니다. 달리는 대신 글을 쓰면 시간이 더 확보되니 그 편이 좋다고 생각했습니다.

그런데 이상한 일이 벌어졌습니다. 일어나서 바로 글을 쓰려고 하니 진도가 나가지 않았습니다. 글이 안 써지고 마우스 커서만 바라보다가 시간이 그대로 지나갔습니다. 오히려 달리고 나서 글을 쓰니 더 잘 써졌습니다. 제가 글을 쓰는 것이 아니라 손가락이 글을 쓰는 것 같은 느낌이 들었습니다. 왜, 그런 경우 있죠? 인터넷 사이트에 아이디랑 비밀번호를 칠 때, 의식하지 않아도 손이 알아서 움직이잖아요? 달리고 와서 글을 쓰면 그런 느낌이 들 때가 있었습니다. 덕분에 짧은 시간에도 꽤 많은 분량을 쓸 수 있었습니다. 지금 이 글도 그렇게 쓰고 있습니다. 달리기의 힘입니다, 여러분!

베스트셀러 『역행자』를 쓴 자청 님도 글을 쓰다가 막히면 달리기를 딱 10분 하신다고 합니다. 일하다가 효율이 떨어질 때, 3분만이라도 뛰면 그렇게 일이 잘된다고 합니다. 왜 그럴까요? 타임머신을 타고 사바나 초원으로 돌아가 봅시다. 그 시절, 인간은 사냥하기 위해 움직일 수밖에 없었습니다. 수만 년 동안 인간의 뇌는 움직일 때 집중력이 가장 높아지도록 진화되었습니다. 사냥하는 동안 뇌를 최적의 상태로 유지해야만 생존할 수 있었기 때문입니다.

운동은 인간에게 필수적인 행위입니다. 유산소운동을 하면 두뇌가 증폭되고, 창의적인 생각을 할 수 있게 됩니다. 특히 새벽에 일어나 달리면 두뇌를 최상의 상태로 만들어 하루를 활기차게 시작할 수 있습니다.

여러분, 이 정도면 달리기는 안 하면 손해 아닌가요? 아니, 빨리 일어나서 뛰지 않으시고 아직도 뭐하고 계세요!

2. 생각지도 못한 아이디어 얻기

—

앞에서 새벽에 일어나 어떻게 운동하는지 저의 루틴을 소개했습니다. 걸으면서 제가 되고 싶은 모습을 상상하고 주문을 건 다음 뜁니다. 언덕이 시작되는 주유소에서 달리기를 멈추고 걸어갑니다. 이번 장에서는 왜 걸어가는지, 걸어가면서 무엇을 하는지 자세히 말씀드리려고 합니다.

5분간 빠른 속도로 뛰고 나면 심장이 쿵쾅쿵쾅 뛰는 게 느껴집니다. 숨도 거칠어지고, 온몸에 땀이 납니다. 기분이 상쾌하고 오늘도 해냈다는 희열이 느껴집니다. 언덕을 걸어가면서 '이것으로 저의 소원이 이루어졌습니다.'라고 말합니다. '감사합니다, 사랑합니다.' 마음으로 외칩니다. 그리고 이루고 싶은 소원을 다시 찬찬히 생각해봅니다.

2023년 제 소원은 『초등 논어 수업』으로 교보문고 종합 TOP 10 베스트셀러 작가가 되는 것이었습니다. 2년간 꾸준히 글을 쓴 덕분에 책이 나왔습니다. 그간의 노력을 떠올려 보고 제 자신을 칭찬해주었습니다. 다른 사람이 이 소원을 알면 교보문고에서 가장 많이 팔리는 책 열 권에 드는 일은 불가능하다고 말할 겁니다. 저는 혹시 모른다고 생각했어요. 어떤 일이 생겨 책이 갑자기 많이 팔릴 수도 있다고 생각했습니다. 걷는 동안 소원이 이뤄지기 위해서 무엇을 해야 하는지 생각했습니다. 제 뇌에 이 문제를 고민해보라고 주문을 걸었습니다.

"뇌야, 난 교보문고 종합 TOP 10 베스트셀러 작가가 되고 싶은데 어떻게 하면 좋을지 괜찮은 아이디어를 내줄래?"

매일 이 생각을 했더니 어느 날 좋은 생각이 떠올랐습니다. 15년 전에 '허지웅의 영화와 글쓰기' 수업을 들었습니다. 걷다 보니 갑자기 그 생각이 퍼뜩 떠오른 겁니다. 『초등 논어 수업』 퇴고를 마무리할 즈음이었습니다. 허지웅 님께 추천사를 받아야겠다는 생각이 들었습니다. 글쓰기 수업을 들었던 네

이버 카페에 들어갔습니다. 그런데 속이 너무 뻔히 보이잖아요? 15년 만에 연락하는데, 추천사를 써달라고 하면 저라도 안 써줄 것 같았습니다. 그래서 책이 출간되면 감사의 편지를 써야겠다고 마음먹었습니다. 글쓰기 수업 덕분에 책을 썼다고 편지를 보냈습니다. SBS 라디오 〈허지웅쇼〉에 책과 감사의 편지, 주전부리를 보냈습니다. 사실, 책이 허지웅 님께 전달되었는지도 잘 모르겠습니다. 하지만 제 직감이 시키는 대로 해봤습니다. 앞으로도 걷다 보면 어떤 문제든지 뇌가 해답을 내려줄 겁니다. 무엇이든 그대로 해보려고 합니다.

시계를 2021년으로 돌려보겠습니다. 사실『초등 논어 수업』을 쓰게 된 계기도 달리기 덕분이었습니다. 저는 김진수 선생님께서 운영하는 자기 경영 노트 1기 모임을 하고 있었습니다. 선생님께서는 나만의 책을 반드시 써야 한다고 강조하셨습니다. 조깅하면서 매번 '난 어떤 책을 쓰면 좋을까?' 생각했습니다. 어느 날, 언덕을 걸어서 내려오는데 '아, 논어로 수업하는 모습을 책으로 쓰면 어떨까?' 싶었습니다. 줌으로 만나는 자기 경영 노트 모임에서 앞으로 논어 수업에 관한 책을 쓰겠다고 다짐했습니다. 책이 출간되면서 달리기를 통해 떠올랐던 아이디어를 진짜 이룰 수 있었습니다.

달리기를 통해 아이디어가 떠오르는 원리는 무엇일까요? 앨런 피즈의 『결국 해내는 사람들의 원칙』이라는 책은 우리 뇌가 일하는 시스템을 알려줍니다. 이 시스템은 망상활성계(Reticular Activating System)입니다. RAS는 척수를 타고 올라오는 감각 정보를 취사선택해 대뇌피질로 보내는 신경망을 말합니다. RAS는 수면, 각성, 호흡, 심장박동, 행동 유발 등 인체의 여러 중요한 기능을 관장합니다. 성적 흥분, 식욕, 몸속 찌꺼기 배출, 의식 통제, 주의 집중력에도 관여합니다. RAS는 뇌의 게이트 키퍼(Gate Keeper)입니다. 감각기관으로 입력되는 거의 모든 정보가 RAS를 거쳐서 뇌로 들어갑니다. 이 관문에서 정보가 걸러집니다. 어떤 정보를 뇌로 보내고 어떤 정보를 무시할지 RAS가 결정합니다. RAS는 우리의 인식 내용과 각성 수준에 지대한 영향을 미칩니다.[4]

여러분, 혹시 이런 경험 없으세요? 구매할 차종을 정했더

---

4 『결국 해내는 사람들의 원칙』, 바바라 피즈, 앨런 피즈, 반니, 10~11쪽

니 도로에 같은 자동차가 부쩍 많이 보입니다. 저도 예전에 자동차를 살 때 점찍어둔 기종이 있었는데 길 위도 있고, 아파트 주차장에서도 계속 보였습니다. 같은 차종이 갑자기 늘어났을 리는 없습니다. 이 현상은 우리의 RAS가 열심히 일하고 있다는 증거입니다. RAS가 다른 차종은 의식에서 걸러내고 염두에 둔 차를 마음 맨 앞자리로 불러오는 겁니다.

성공하기 위해서 가장 결정적인 행동은 무엇을 이루고 싶은지 결정하는 일입니다. 나는 무엇을 원하는 사람인지, 내가 바라는 미래를 분명히 정해야 합니다. 목표를 세우면 방법이 사방에서 나타납니다. 망상활성계, RAS가 그 방법을 알려주기 때문입니다. 일단 내가 무엇을 원하는지 결정하면 RAS가 그것을 어떻게 이룰지 답을 찾고, 길을 알려주기 시작합니다.

저는 매일 새벽 5시에 일어나 30분 동안 걷고 뜁니다. 산책하면서 제 RAS에게 명령을 내립니다. 올해는 소원이 바뀌었습니다. "나 이도영은 2024년에 구독자 10만 명의 유튜버가 되었다." 제 망상활성계가 열심히 일하면 다양한 방법들이 떠오릅니다. 어떤 책을 소개할지, 어떤 섬네일을 쓸지 마음속으로 그려봅니다. 이 일이 즐거워서 새벽에 일어나 운동하는 게 그다지 어렵지 않습니다.

일본에서도 저와 똑같이 달리면서 주문을 거는 사람이 있습니다. 『2억 빚을 진 내게 우주님이 가르쳐준 운이 풀리는 말버릇』의 저자 고이케 히로시입니다. 그도 아침에 조깅하면서 되고 싶고, 하고 싶은 일을 주문으로 외칩니다. 그리고 "감사합니다, 사랑합니다."를 되뇝니다. 그는 망상활성계로부터 힌트를 얻으면 즉시 행동에 옮겼습니다.[5] 히로시는 사업이 망해 빚 2억이 있었는데, 9년 만에 모두 갚았습니다.

여러분도 조깅하면서 이렇게 해보세요.

1. 되고 싶은 모습이 무엇인지 정하고 주문을 건다.
2. 소원이 이루어졌다고 말한다.
3. RAS가 알려주는 힌트를 곧바로 행동한다.

---

5 『2억 빚을 진 내게 우주님이 가르쳐준 운이 풀리는 말버릇』, 고이케 히로시, 나무생각, 248쪽

3. 명품 가방보다 달리기

–

얼마 전 대학교 동기가 제네시스 GV80을 새로 뽑았다고 단톡방에 사진을 올렸습니다. 친구들의 부러움을 샀습니다. 솔직히 저도 부러웠습니다. 하지만 비싼 차가 없다고 저 스스로가 초라하게 느껴지지는 않았습니다. 서은국 교수의 『행복의 기원』을 읽었거든요. 인간은 적응의 동물입니다. 좋은 차를 사도 행복한 감정은 길어야 3개월입니다.

행복한 감정은 왜 바로 사라지는 걸까요? 생존에 유리하기 때문입니다. 음식을 한 번 먹으면 포만감이 일주일이나 간다고 가정해봅시다. 원시시대 사람들은 한 번 음식을 먹으면 일주일 동안 사냥을 하지 않았을 겁니다. 몸에 영양분이 부족한데도 포만감이 들어 음식을 찾지 않는다면 결국 죽을 수

밖에 없습니다. 생존을 위해서 우리 뇌는 쾌감에 금방 적응하도록 진화되었습니다. 맛있는 음식을 점심 때 먹었다 하더라도 저녁에 또 먹어야 하는 것처럼, 우리는 쾌감에 금세 적응합니다. 동기에게는 미안한 말이지만, 좋은 차를 사서 생긴 행복감은 곧 없어질 겁니다. 생존을 위해 우리 뇌가 그렇게 진화해왔기 때문입니다.

그럼 행복을 어떻게 느껴야 할까요? 행복한 사람들은 소소한 즐거움을 여러 모양으로 빈번히 느낍니다. 행복은 복권 당첨 같은 큰 사건으로 얻는 것이 아닙니다. 가랑비에 옷이 젖는 것처럼 소소한 즐거움을 자주 겪어야 합니다. 행복은 기쁨의 강도가 아니라 빈도입니다.[6]

그렇다면 우리는 왜 무리하면서 비싼 자동차와 명품 가방을 찾는 걸까요? 대다수는 이 차를 타고 내릴 때 몇 초간 이어질 주변 사람들의 감탄 때문에 비싼 비용을 감수합니다. 마찬가지로 명품 가방도 이것을 걸쳤을 때 나를 보는 타인의 시선이 내 정체성을 충족시켜주기 때문에 사는 겁니다. 빚을

---

6 『행복의 기원』, 서은국, 21세기북스, 124쪽

내서라도 말입니다.

독일 철학자 악셀 호네트는 이런 삶을 '인정 투쟁'이라고 불렀습니다. 사람의 정체성은 인정받으면서 형성됩니다. 하지만 정도가 지나치게 되면 오로지 인정받을 때만 정체성이 성립되고, 그것을 얻기 위해 투쟁한다는 뜻입니다. 부러움 어린 시선, 좋은 평판 같은 타인의 평가를 통해 자아를 충족시키는 삶을 말합니다. 프랑스 정신분석학자 자크 라캉은 다른 말로 "우리는 타자의 욕망을 욕망한다."고 했습니다.

너무 어려운 말을 했나요? 이런 말들을 쉽게 정리한 사람이 있었으니 바로, 문화심리학자 김정운 박사입니다. 자기 생각보다 남의 시선을 의식하는 사람들을 보고 김정운 박사는 이렇게 이야기합니다.[7]

"남의 감탄에 목말라하는 삶."

우리가 원하는 삶, 우리가 이룬 목표, 우리가 목표를 이루

[7] 『마음의 지혜』, 김경일, 포레스트북스, 187~193쪽

기 위해 노력하는 행동은 사실 다른 사람들의 감탄을 얻기 위한 것이라고 말합니다. "와!", "대박!", "후덜덜" 말하는 이의 놀람이나 느낌을 나타내는 감탄사는 대체로 단어의 길이가 짧습니다. 다음 문장과 연결되기보다는 짧게 내뱉고 날아가 버립니다. 감탄이란 애당초 휘발성이 강하다는 사실을 알 수 있습니다. 타인에 대한 감탄은 이렇게 쉽게 사라집니다. 순간적으로 휘발되는 남의 감탄 때문에 우리는 시간과 노력, 많은 돈까지 쓰고 있는 겁니다. 이런 안타까운 행동을 하는 사람들에게 김정운 박사는 명쾌한 해답을 제시합니다.

 "내가 나한테 감탄하면 된다."

 그렇습니다. 남을 나로 바꾸면 간단하게 해결될 문제입니다. 나 자신에게 감탄하면 다른 사람에게 인정받기 위해 노력하지 않아도 됩니다. 새벽에 일어나는 일은 힘들고 어렵습니다. 그런데도 나를 이기고 현관문을 박차고 나가 달리고 옵니다. 힘든 일을 하고 돌아온 제 자신이 너무나 대견합니다. 제가 멋지게 보이고 저 스스로에 대해 감탄합니다.

"야, 도영아, 너 진짜 멋진 거 아니냐?"

왠지 배가 조금 더 들어간 것처럼 보입니다. 다리와 가슴 근육이 더 탄탄해진 것 같습니다. 아내는 제 시력이 많이 나빠져서 안경을 바꿔야겠다고 핀잔을 줍니다만, 희미하게 복근도 보이는 것 같습니다.

자신에게 감탄하게 되면 '나는 무슨 일이든 할 수 있다.'라는 믿음이 생깁니다. 자기 효능감이 높은 사람은 다른 사람의 시선에 아랑곳하지 않습니다. 혼자 머무는 시간 속에서도 행복을 느낍니다. 누구의 눈치도 보지 않고 내가 좋아하는 것을 즐깁니다. 자신에게 감탄하면 타인의 짧은 감탄이 보잘것없어집니다. 내가 진짜로 좋아하는 일을 하는 것이 타인의 짧은 감탄보다 달콤합니다.

저는 매일 아침 달리면서 하루를 활기차게 시작합니다. 하루 시작이 생기가 넘치면 깨어 있는 시간이 넉넉해집니다. 마음의 여유가 생깁니다. 하루가 몰라보게 달라집니다. 그런 하루하루가 모여 성공한 삶이 됩니다. 저는 매일 새벽 달리는 저 자신에게 감탄합니다.

여러분은 자신에게 감탄할 거리가 있으신가요?

저는 매일 새벽, 이런 경치 앞에서 감탄합니다.

—

　새벽에 달리기하고 가장 기분 좋을 때는 아파트 지하 주차장에 들어오는 순간입니다. 오늘도 30분 동안 조깅하고 왔다는 뿌듯함에 몸이 경쾌합니다. 땀이 나고 숨이 약간 벅찬 상태에서 시원한 바람이 불어오면 집으로 돌아가는 길이 가뿐해집니다. 갈증이 났을 때 차가운 맥주를 마시면 기분이 좋잖아요? 그 기분을 넘어서는 상쾌함이 느껴집니다.

　계단을 올라 집으로 들어오면 바로 씻으러 갑니다. 저는 지난겨울부터 찬물로 샤워합니다. 유튜브에서 스탠퍼드대학교 앤드류 후버만 교수가 찬물 샤워를 추천한 영상을 보았기 때문입니다. 추운 겨울에 찬물 샤워는 정말 고통스럽습니다. 심호흡을 여러 번 하고 나서야 몸에 물을 끼얹을 수 있습니다. 처음에는 발을 동동 구르며 오두방정을 떨었습니다. 그러나 이제는 별일 아닌 듯 자연스럽게 찬물을 맞이하고 있습니다.

찬물 샤워를 하고 나서 변화가 생겼습니다. 샤워가 끝난 후에는 마음이 차분해집니다. 에너지가 더 높은 사람이 되었습니다. 하루를 더 밝게 시작할 수 있습니다. 기분 좋은 마음이 하루를 더 단단하게 만들어주었습니다.

찬물 샤워는 왜 몸에 좋을까요? 우리가 찬물로 샤워하면 도파민 수치가 2.5배 높아지고, 증가한 도파민은 무려 3시간이나 유지됩니다. 도파민이 증가하면 우리 몸은 높은 집중력과 안정감을 느낍니다. 도파민은 기분을 조절하고, 동기부여 수준을 높입니다. 추구하는 것에 노력을 쏟아부을 수 있는 원동력을 제공합니다. 그래서 어떤 일이든 절대 포기하지 않을 것처럼 보이는 사람, 끝없이 에너지가 나오는 사람은 평소 도파민 분비량이 많습니다.

저는 찬물 샤워가 달리기와 똑같다고 생각합니다. 둘 다 하기는 싫지만, 하고 나면 우리에게 엄청난 이득을 줍니다.

두 가지 행동 모두 고통스럽지만, 우리를 끌어올리고 성장시킵니다. 그리고 또 하나의 공통점은 코르티솔이라는 호르몬 작용에 있습니다.

코르티솔은 콩팥에 있는 부신피질에서 분비됩니다. 이 호르몬은 스트레스를 받을 때 분비량이 증가합니다. 코르티솔은 스트레스에 맞서 몸이 최대 에너지를 만들 수 있도록 우리를 돕습니다. 심폐 활동을 증진하고, 더 민첩하고 빠르게 행동할 수 있도록 혈압과 포도당 수치를 높입니다. 코르티솔 덕분에 우리는 명확하게 판단할 수 있습니다.

원시 사바나 초원에서 호랑이와 맞닥뜨린 우리 선조들을 생각해봅시다. 호랑이에게 맞서 싸우거나, 호랑이보다 더 빨리 도망가려면 최대 에너지가 필요합니다. 민첩하게 행동하고, 명확하게 판단할 수 있도록 코르티솔이 분비됩니다. 호랑이를 물리치든, 호랑이에게 도망치든 그 이후에는 코르티솔이 감소합니다. 하지만, 현대사회를 사는 우리는 만성 스트레스에 시달립니다. 퇴근해서 집에 와도 일을 계속해야 하고, 우리를 자극하는 뉴스에 스트레스는 없어지지 않습니다. 코르티솔이 계속해서 분비됩니다. 호랑이를 24시간 내내 마주하는 것과 같습니다.

갑자기 웬 코르티솔이냐고요? 사실, 달리는 동안에도 코르티솔 수치가 높아집니다. 달리기가 일종의 스트레스로 작용하기 때문입니다. 달리기할 때 몸이 제대로 움직이려면 근육에 더 많은 에너지와 산소가 필요합니다. 그래서 코르티솔이 분비되어 심장박동수와 혈압이 올라갑니다. 달릴 때 나오는 코르티솔은 수치도 정상일 뿐만 아니라, 신체 활동을 수행하기 위해 꼭 필요합니다.

달리기가 끝나면 우리 몸은 스트레스 반응이 더 이상 필요하지 않게 되므로 코르티솔 수치가 떨어집니다. 오히려 달리기를 시작하기 전보다 코르티솔 수치가 더 낮아집니다. 규칙적으로 달리기를 계속하면 달릴 때 나오는 코르티솔 상승 폭은 줄어들고, 운동을 마무리한 뒤 하락 폭은 더 커집니다.[8]

『뇌는 달리고 싶다』라는 책에 따르면 재미있는 부분은 여기부터 생깁니다. 규칙적으로 매일 달리면 다른 이유로 발생한 스트레스에 대해서도 코르티솔 분비가 점점 줄어듭니다.

8 『뇌는 달리고 싶다』, 안데르스 한센, 반니, 44쪽

우리가 달리면 업무로 인한 스트레스도 줄어든다는 말입니다. 달리기는 우리 몸에게 스트레스에 지나치게 반응하지 말라고 가르쳐주는 선생님 역할을 합니다.

찬물 샤워와 새벽 달리기는 둘 다 우리에게 스트레스입니다. 하기 싫고 고통스러운 일입니다. 하지만 찬물 샤워를 하면 도파민이 나와서 하루를 차분하게 시작할 수 있습니다. 우리가 달리면 스트레스에 덜 민감해집니다. 이 대목에서 니체의 말이 떠오릅니다.

"나를 죽이지 못하는 고통은 나를 더 강하게 만든다."

달리기라는 고통을 기꺼이 받아들이고, 여러분 자신을 더 강한 사람으로 만들어보세요.

2024.02.22

RunDay

Time	Distance	Pace
35:04	3.16 km	10'54"

추운 겨울, 눈이 와도 새벽 달리기는 계속됩니다.

–

달리기 부상 예방법

달리기는 만만한 운동이 아닙니다. 몸은 따라주지 않는데 처음부터 의욕적으로 빨리 달리다 보면 다칩니다. 저도 너무 욕심을 부리다가 골반을 다쳤습니다. 골반이 아픈 걸 감수하고 뛰다가 종아리에도 무리가 왔습니다. 병원에 다니고 한 달 넘게 달리기를 쉬었습니다. 아파서 운동을 멈추면 다시 달리기를 시작하기가 어렵습니다. 이런 불상사를 막기 위해 몇 가지 팁을 드리려고 합니다.

1. 스트레칭을 충분히 한다

매일 30분씩 달리는 건 생각보다 힘듭니다. 달릴 때 사용하는 근육과 인대에 반복적인 부담을 줍니다. 몸이 견딜 수 있는 한계를 넘어가면 근육이 뭉치고 인대에 염증이 생깁니다. 게다가 자고 일어나자마자 새벽에 달리는 건 쉽지 않습니다. 자고 일어나면 몸이 달릴 준비가 되어 있지 않기 때문입니다. 스트레칭으로 몸을 예열해주어야 합니다. 저는 발목, 골반, 무릎, 종아리, 허리, 어깨, 목을 오랫동안 풀어줍니다.

발목은 돌리지 않고 쪼그려 앉아 지그시 눌러줍니다. 골반은 자리에 앉아 왼쪽 다리를 안쪽으로, 오른쪽 다리는 바깥을 향하게 해서 '기역' 자 모양을 만듭니다. 그리고 몸을 왼쪽으로 틀어 살짝 뜬 엉덩이를 눌러줍니다. 무릎은 앉았다 일어났다를 천천히 반복하면서 힘을 가합니다. 발가락을 무릎 쪽으로 당겨주면 종아리가 뻣뻣해지면서 시원해집니다. 고양이 자세로 허리를 풀어주고, 어깨와 목은 천천히 돌려줍니다. 모든 부위를 스트레칭하는 데 꼬박 5분이 걸립니다.

달리기 전에 하는 스트레칭은 근육과 인대를 유연하게 만들어 부상을 방지합니다. 밥을 먹기 전에 손을 씻듯이 달리기 전에 꼭 스트레칭을 해주세요.

2. 빨리 달리지 않고 살랑살랑 뛴다

이왕 새벽에 일어나 달리기하는데 열심히 뛰어야겠다는 마음이 들 것입니다. 욕심이 많은 저도 그랬습니다. 4㎞를 넘게 뛰어도 괜찮다고 자만했는데 바로 부상이 찾아왔습니다. 우리는 우리의 몸을 잘 모르고 마음만 앞섭니다.

처음부터 너무 열심히 뛰면 힘들어서 포기하거나, 부상으로 인해 운동을 강제로 멈춰야 합니다. 달리기는 꾸준히 하는 게 중요합니다. 달리기 초보가 꾸준히 운동하려면 부담 없는 속도로 뛰어야 합니다. '이게 뛰는 건가, 걷는 건가?' 싶은 속도가 딱 알맞습니다. 처음에는 이런 속도로 시작해야 지치지 않고 1㎞를 넘게 달릴 수 있습니다. 저는 뛰다가 걷다가 다시 달립니다. 이렇게 낮은 강도로 달려도 충분히 운동이 됩니다.

운동 기준은 '얼마나 빠르게 달렸는가?'가 아니라 '얼마나 힘들었는가?'입니다. 처음부터 속도에 집착하지 마세요. 중요한 건 우리가 오늘 뛰었다는 사실입니다.

3. 달리기 좋은 곳에서 뛴다

저는 제가 사는 아파트 대로를 한 바퀴 뜁니다. 직진 코스로 되어 있고 언덕이 하나 있을 뿐 평탄합니다. 평평하고 직선으로 된 길을 뛰면 좋은 이유는 발목과 무릎에 부담을 주지 않고 순조롭게 뛸 수 있기 때문입니다.

운동은 무리하면 안 됩니다. 우리 몸을 살살 달래가면서 뛰어야 합니다. 매일 야산을 등반하거나 언덕을 오르게 되면 지쳐서 달리기를 지속할 수 없습니다. 발목과 무릎에 필요 이상으로 힘이 더해져 다칠 확률이 높습니다. 그러니 달리기를 시작하기로 마음을 먹었다면 먼저 괜찮은 코스를 미리 생각해두어야 합니다.

가장 좋은 곳은 강변 산책로입니다. 공원을 뛰어도 좋고, 저처럼 아파트 단지를 겉으로 한 바퀴 뛰어도 좋습니다. 아무래도 새벽에 일어나서 바로 뛴다면 집 근처에 달리기 코스가 있으면 좋겠죠?

4. 음악은 듣지 않고 보폭은 줄인다

저는 달리면서 움직임 명상을 하므로 음악을 듣지 않습니다. 하지만 명상을 하지 않더라도 달리면서 음악을 듣는 것은 추천하지 않습니다. 왜냐하면 이어폰으로 음악을 들으면서 달리는 것은 위험하기 때문입니다. 요즘에는 이어폰이 발달해서 주변 소리를 차단하는 기능이 있습니다. 또한 전기차가 늘면서 자동차가 옆에 오는 것도 알아차리기 어렵기 때문에 음악을 들으며 달리는 것은 정말 위험합니다.

달리기를 처음 시작할 때는 자기만의 리듬이 만들어지지 않습니다. 달리기는 몸 상태에 따라 매일 보폭과 발걸음이 달라집니다. 달릴 때는 일정한 페이스를 유지해야 부상을 방지할 수 있습니다. 달리기 리듬이 생기기 전에 음악을 들으면 본인만의 달리기 흐름을 만들기가 어렵습니다. 그래서 달리기를 할 때는 음악을 듣지 않기를 권합니다.

그리고 가능하면 보폭을 줄여서 달려야 합니다. 보폭을 줄이면 도약하는 거리가 짧아져 근육에 부담이 적습니다. 발을 구를 때 충격도 적어져서 근육, 인대, 관절을 보호할 수 있습니다. 다시 말씀드리지만 '이게 뛰는 건가, 걷는 건가?' 싶은 속도가 딱 알맞습니다. 보폭을 일부러 신경 쓰지 않으면 달리는 속도가 빨라지고 무리하게 됩니다. 처음에는 걷는 것보다 조금 넓은 수준의 보폭으로 달리는 게 좋습니다.

5. 아프면 바로 멈추고 기록한다

저는 무리하게 뛰다가 골반을 다치는 바람에 달리기를 한 달 넘게 쉬었습니다. 평소 런데이 앱으로 달리기를 기록한 덕분에 왜 다쳤는지 원인을 알 수 있었습니다. 4.2㎞를 평소보다 빠른 속도로 달리고, 언덕을 내려오는 길에도 뛰었기 때문입니다. 그 다음부터는 고개를 내려올 때는 걷습니다.

얼마 전에도 보통 때보다 무리를 했는지 골반이 아팠습니다. 원래는 며칠은 쉬어야 하는데 다음 날도 뛰었습니다. '살랑살랑 뛰면 되겠지.' 오판했습니다. 아픈 골반에 신경 쓰다 보니 이번에는 종아리까지 아팠습니다. 바로 운동을 쉬었습니다. 하루 쉬고 나니 종아리 통증이 사라졌습니다.

달리기를 하다가 생긴 근육과 인대의 통증은 쉬어야 낫습니다. 쉬면서 어떤 부분이 문제였는지 고민해야 합니다. 문제를 파악하려면 평소에 달리기 기록을 해두어야 합니다. 달리기 앱을 이용하면 뛴 거리와 속도를 알 수 있습니다. 날마다 달리면 기록이 쌓이고, 이걸 확인하는 일도 즐겁고 뿌듯합니다. 무엇보다 부상이 왔을 때 무엇이 문제인지 알 수 있어 더욱 요긴합니다. 여러분도 달리기 애플리케이션을 꼭 활용해보세요.

2023.10.04

RunDay

Time 29:54 Distance 3.03km Pace 9'49"

이곳을 뛰어 내려오다가 다친 이후로는 걸으면서 사진으로 기록합니다.

3
장

주변이 다르게 보이다

1. 매일 아침을 행복하게 시작하는 비결

–

2022년 5월로 기억합니다. 이때는 하루에 여섯 시간만 자고 새벽 4시 반에 일어나 운동을 할 때입니다. 뛰는 거리도 4.5㎞였습니다. 골반을 다치기 전, 의욕이 넘치던 시절에 있었던 일입니다.(지금은 절대 이렇게 하지 않아요. 일곱 시간을 자고, 뛰는 거리도 3㎞예요.)

이날은 아직 해가 뜨지 않아서 어두컴컴한 데다 안개가 자욱했습니다. 뛰면서도 기분이 으슬으슬했습니다. 마의 구간인 주유소를 넘어서 언덕을 달리는데 저 멀리 깜빡이를 켜놓은 차가 보였습니다. 갓길에 정차했는데 제가 뛰어가는 길 바로 옆이었습니다. 가까이 가서 보니 차에서 아저씨 한 분이 나와 전화를 하고 계셨습니다. 신경 쓰지 않고 빨리 뛰어서 지나가려는데 아저씨가 저를 불렀습니다.

"저기요, 여기가 어디예요?"

상황을 가늠해보니 자동차에 문제가 생겨 견인차를 부르는 상황이었습니다. 낯선 곳에 처음 오셔서 여기가 어딘지 설명을 못 하고 계셨습니다. 친절하게 위치를 말씀드렸습니다. 강릉 햇살주유소 위쪽 회전 교차로라고 알려드렸습니다. (계속 나오던 주유소가 마침내 어딘지 밝혀졌네요?)

고맙다고 하시는 아저씨를 뒤로하고 다시 달렸습니다. 가야 할 길이 아직 많이 남았습니다. 아파트 대로를 한 바퀴 더 뛰고 가보니 견인차 한 대가 와 있었습니다. 그곳을 빨리 지나치려고 속도를 내는데 아저씨가 저를 또 부릅니다.

"아까 고마웠어요."

별거 아니었다고 말하고 다시 뛰었습니다. 숨이 차오르는데 묘한 감정이 들었습니다. 남을 도왔다는 사실 하나만으로 힘이 났습니다. 그날 달리기는 여느 때와 달리 별로 힘이 들지 않았습니다. 평소보다 더 상쾌했습니다. 별것 아닌 일을 도와드렸을 뿐인데 감사 인사를 받았기 때문입니다.

『미움받을 용기』를 보면 사람은 누군가에게 도움이 된다고 느낄 때 자기 가치를 실감한다고 합니다. 남이 내게 무엇을 해주는지 생각하지 말고, 내가 남을 위해 무엇을 할 수 있는지 생각하고 실천해보라고 권합니다. 누군가에게 공헌하고 있다는 감정을 느끼면 눈앞의 현실은 완전히 다른 색채를 띱니다. 행복이란 공헌감입니다.[9]

누군가에게 도움을 주는 행위는 거창하지 않습니다. 음식을 만드느라 더운 아내에게 시원한 물을 한 잔 떠다 줄 수 있습니다. 원피스를 입으려고 애쓰는 아내 뒤로 가서 지퍼를 올려줄 수도 있습니다. 심심하다고 하는 아이에게 책을 읽어주거나 레고를 함께할 수 있습니다. 방 청소, 설거지, 쓰레기 분리수거도 좋습니다. 타인의 수고를 내가 대신하는 것, 돌려받을 것을 생각하지 않고 내어주는 것. 다른 사람을 위한 공헌이 행복이라는 사실을 그 아저씨를 만나고 알게 되었습니다.

『타이탄의 도구들』을 보면 이 공헌을 이용해 하루를 완벽하게 보내는 방법이 나옵니다. 다들 아파트에서 엘리베이터

---

9 『미움받을 용기』, 기시미 이치로, 고가 후미타케, 인플루엔셜, 288쪽

를 타면 사람들에게 인사하잖아요? 쑥스러워서 인사를 못하는 사람에게 이런 처방을 권합니다.

'마음속으로 그 사람이 오늘 행복하기를 빌어준다.'

이 부분을 읽고 바로 실천해봤습니다. 아침 출근 시간에 엘리베이터를 타고 주차장으로 내려가는데 중학생과 이모님을 만났습니다. 속으로 빌었습니다.

'두 분께 오늘 즐거운 일이 생겼으면 좋겠습니다. 행복한 하루 보내세요!'

분명 두 분이 들리지 않게 속으로만 이야기했을 뿐인데 엘리베이터에서 내리는 이들의 표정이 좋아진 것 같습니다. "안녕히 가세요." 인사하는 말이 상쾌하게 들립니다. 저도 산뜻한 마음으로 인사했습니다. 다른 사람의 안녕을 빌었더니 제 기분이 좋아졌습니다. 하루가 행복하게 시작되었습니다. 좋은 일이 생길 것 같은 기분으로 출근했습니다.

이렇게 좋은 감정을 느끼고 나서부터는 새벽 달리기에 이 방법을 적용했습니다. 매일 달리면서 스쳐 지나가는 분들이 꽤 됩니다. 성함과 나이는 모르지만 매일 마주치는 얼굴입니다. 새벽에 달리면 어르신들이 많습니다. 뛰다가 이분들을 만나면 속으로 말합니다.

'오늘도 좋은 하루 보내세요. 행복하세요!'

뛰는 발걸음이 괜스레 가뿐해집니다. 다른 사람의 평안과 행복을 빌면 도리어 제 마음이 편안하고 행복해집니다. 이 글을 읽는 분들도 오늘 만나는 사람들에게 마음속으로 행운과 안녕을 빌어주길 바랍니다. 여러분 마음이 어떻게 변하는지 느껴보셨으면 좋겠습니다. 공헌하면 행복하다는 사실을 겪어보시길 바랍니다.

아, 참. 달리면서 하면 더 좋습니다!

달리면서 행운을 빌어준다는 이야기를 조금 더 해보겠습니다. 새벽에 뛰면서 매일 만나는 분이 세 분 계십니다. 날마다 빠짐없이 마주칩니다. 경비 아저씨 두 분과 환경미화원 아저씨입니다.

매일 새벽 엘리베이터를 타고 내려와 런데이 앱을 켜고 걷기 시작합니다. 가족과 저에 대한 주문을 겁니다. 아파트 놀이터를 지나 빠른 걸음으로 걷다 보면 아파트 정문에 계신 경비원 아저씨를 바라보게 됩니다. 아저씨는 5시 전에 아파트 헬스장 문을 여십니다. 피곤한 모습으로 일어나 손 세수하시는 모습도 보았습니다. 저희 아버지께서도 아파트 경비원으로 일하고 계시기 때문에 경비원분들이 얼마나 고된지 알고 있습니다. 밤새 불편한 관리실에서 쪽잠을 주무시고 아침을 맞이하십니다. 그래서 평소 관리실을 지나갈 때마다 늘 인사합니다. 아들과 길을 걷다가 지나갈 때도 아이에게 인사를 시킵니다.

새벽 달리기를 할 때는 바로 앞을 지나지 않고 먼 곳에서 바라봅니다. 경비 아저씨가 매일 바뀝니다. 하루건너 번갈아 가면서 아침을 지키십니다. 이 두 분께 오늘 하루 좋은 일이 있기를 진심으로 빕니다. 이분들 덕분에 편리하게 아파트에서 생활하고 있다고 생각하고 감사한 마음을 전합니다. 멀리 계신 아버지께도 안부를 전하는 기분이 듭니다.

"덕분에 아파트에서 편하게 생활하고 있습니다. 감사합니다. 오늘 하루 행복하게 보내세요!"

환경미화원 아저씨도 매번 만납니다. 이분은 마의 구간인 주유소 언덕을 지나 회전 교차로에서 뵙니다. 길가에 차를 세워두고 도로에 떨어진 쓰레기를 주우십니다. 자가용으로 이동하며 일하시는 걸로 봐서 봉사하거나 아르바이트로 일하시는 것 같습니다. 예전에는 형광 조끼를 입으셨는데 요즘에는 붉은색 조끼를 입고 일하십니다. 파란 비닐봉지와 집게를 들고 다니면서 길에 떨어진 쓰레기를 주우십니다. 제가 뛰는 방향과 반대로 움직이면서 길을 청소하십니다. 제가 평소보다 조금 늦게 나오면 달린 지 얼마 안 되어서 이분을 만나게 됩니다. 평소보다 일찍 나와 달리면 이분을 늦게 뵙니다. 이른 새벽부터 언제나 변함없이 일하시는 모습이 존경스럽습니다. 이분께도 항상 마음속으로 감사의 인사를 전하고 행운을 빌어드립니다.

"매일 거리를 깨끗하게 청소해주셔서 감사합니다. 오늘 하루 좋은 일만 가득하세요!"

달리면서 만나는 다른 분들도 말씀드리겠습니다. 먼저, 4시 반 할머니가 생각납니다. 달리기를 시작한 지 얼마 되지 않아 만났던 분입니다. 4시 반에 일어나 달리던 시절입니다. 어두운 새벽, 남들이 아직 일어나지 않은 시각에 운동하고 있다는 뿌듯함을 느끼고 있었습니다. 길가에는 차도 없고 운동하는 사람도 없었습니다. '역시 운동하는 사람은 나 혼자뿐

인가?' 저 자신에게 심취해 달리고 있는데 멀리 할머니 한 분께서 걸어가는 게 보였습니다. 굽은 허리 뒤로 깍지를 끼신 채 걷고 계셨습니다. 이분은 4시 반에 일어나서 운동해야만 뵐 수 있는 분입니다. 조금만 늦으면 동산 입구에 있는 운동 기구에서 저를 내려다보셨습니다. '이제 왔니? 오늘은 조금 늦었네?'라고 말씀하시는 듯했습니다. 날씨가 추워져도 어둠 속을 홀로 걷고 계셨습니다. 할머니 덕분에 달리는 길이 외롭지 않았습니다. 요즘에는 잠을 더 자고 5시에 일어나서 만나 뵐 수 없습니다. 조만간 날을 잡아 일찍 일어나야겠습니다. 할머니께 안부를 빌어드리고 싶습니다.

또 다른 분은 마라톤 형님이십니다. 마라톤 복장으로 뛰기 때문에 그렇게 부릅니다. 이분은 체형도, 복장도 딱 전문가 포스가 납니다. 땀을 쉽게 말리기 위해 조끼를 입고, 머리에 흐르는 땀을 막기 위해 스포츠 헤어밴드도 하십니다. 손목에는 달리기 기록을 재는 시계도 있고, 발에는 비싸 보이는 형광 러닝화까지 있습니다. 완벽한 러너입니다. 걷다가 뛰다가 하는 저를 보면 햇병아리라고 부르실 게 틀림없습니다. 이런 햇병아리가 달리기에 관한 책을 썼다는 사실을 알면 화를 내실지도 모르겠습니다.

형님은 저와 달리는 방향이 다릅니다. 저는 시계 방향, 형님은 시계 반대 방향입니다. 육상경기에서는 트랙을 시계 반대 방향으로 뛰니 형님이 뛰는 방향이 맞습니다. 제가 잘못된 방향으로 뛴다는 생각에 하루는 반대로 뛰었습니다. 힘들게 호흡을 가다듬으면서 뛰고 있는데 형님이 여유롭게 저를 추월해 가셨습니다. 아마 이런 마음이었을 겁니다.

'어쭈, 오늘은 이쪽으로 뛰네? 먼저 간다!'

다시 방향을 바꿨습니다. 달리는 건 제 마음이니까요. 요즘에는 마라톤 형님을 뵐 수 없습니다. 아마도 코스가 너무 짧고 쉬워서 다른 곳에서 뛰시는 것 같습니다. 달리기 햇병아리로서 마라톤 형님께도 행복을 전해드리고 싶습니다. 한 번 만나요, 형님.

이 밖에도 이모님 두 분, 검은색 선캡 이모님, 흰색 할아버지가 계십니다. 이모님 두 분은 약속을 잡고 만나서 운동하시는 분들인데 뵌 지 얼마 되지 않았습니다. 두 분이 함께 대화하면서 걷는데 서로 웃는 모습이 보기 좋습니다. 두 분이 괜찮으시다면 언젠가는 함께 대화하면서 걷고 싶습니다.

검은색 선캡 이모님은 아침 햇빛에 피부를 보호하는 멋쟁이십니다. 얼굴은 선캡으로, 손은 흰 장갑으로 무장하고 걸으십니다. 겨울에는 잘 안 보이시고 봄가을에 자주 뵐 수 있습니다. 사실, 진짜 멋쟁이는 따로 있습니다. 흰색 할아버지십니다. 연세는 여든이 넘으신 것 같은데 신체 나이는 훨씬 젊어 보입니다. 우선 위아래 운동복이 모두 흰색인 데다 신발도 같은 색깔로 맞춰서 신고 운동하십니다. 머리카락까지도 깔맞춤입니다. 이분처럼 나이 들어도 멋지게 운동하고 싶습니다.

문득 이분들께는 제가 어떻게 보일지 궁금해집니다. 까치집 머리에 꾀죄죄한 차림으로 핸드폰을 손에 쥐고 달리는 저를 어떻게 생각하실까요? 달리기 햇병아리? 부지런하고 성실한 청년? 다른 건 모르겠지만, 달리기로 매일 아침을 함께 맞이하는 사람으로서 먼 가족처럼 생각해주시지 않을까 싶습니다. 제가 그런 것처럼 말입니다.

함께 달리시는 분들께 항상 행복이 가득하길 빕니다.

나는 오늘도 달린다

3. 새벽에 멧돼지를 만난다면

—

   이번에는 달리기하면서 만난 동물들에 관해 이야기해보려고 합니다. 뜬금없이 무슨 동물이냐고요? 그러게 말입니다. 제가 사는 곳이 강원도 강릉이라 그런지 달리면서 동물들을 자주 만납니다. 그렇다고 엄청 시골은 아니라는 말씀은 꼭 드리고 싶습니다.(저 도시 남자예요.)

   달리기를 시작하면서 새롭게 알게 된 점이 있습니다. 우리 주변에 새소리가 엄청 많이 들린다는 사실입니다. 새들이 아침부터 먹이를 찾아 헤매서 그런 건지, 차들이 없어 조용한 덕분인지 모르겠지만, 아름다운 새소리에 매번 감동합니다. 새소리를 들으며 뛰는 기분이 묘하게 좋습니다. 왜 그런 말 있잖아요.

"일찍 일어나는 새가 벌레를 잡는다."

이 말대로 새들은 진짜로 일찍 일어납니다. 부지런한 새들이 벌레를 찾듯이 근면하라는 옛사람들의 말이 실감 납니다. 부지런한 새들처럼 저도 하루를 알차게 보내야겠다고 결심합니다. 이름은 모르지만, 새들의 소리에 기분이 좋습니다.

달리기 마지막 구간에 이르면 불청객이 찾아옵니다. 까마귀들입니다. 언덕을 내려오는 길 건너편에 음식물 쓰레기 수거함이 있습니다. 그 근처를 까마귀들이 돌아다닙니다. 까마귀 소리는 왠지 마음이 언짢고 싫잖아요? 까마귀가 제 달리기를 망친다는 기분이 들었습니다. 근데 생각해보니 '왜 그래야 하지?'라는 생각이 들었습니다. 까마귀 입장에서는 '이름 모르는 새소리에는 그렇게 감동하면서 왜 나한테 그래? 같은 새잖아.'라고 말할 것 같습니다. 그래서 마음을 바꿨습니다. '그래 까마귀야, 너도 일찍 일어났구나. 새벽부터 수고가 많다.' 일본에서는 까마귀가 길조라고 하죠? 그다음부터는 까마귀를 반갑게 맞이합니다.

일요일 아침, 한 번은 평소보다 늦은 8시에 달렸습니다. 역시나 똑같은 코스를 뛰는데 바닥에 사슴벌레 한 마리가 보였습니다. 남성분들이라면 다 경험하셨을 것 같습니다. 남자는 사슴벌레에 대한 로망이 있습니다. 매끈한 몸에 멋진 뿔! 어린 남학생의 감성을 자극하는 그 무언가가 있는 곤충입니다. 오랜만에 만난 사슴벌레 앞에서 발걸음을 멈췄습니다. 아들이 좋아하겠다는 생각에 이 녀석을 데려가고 싶었습니다. 근데 전 달려야 하잖아요. 사슴벌레를 잡고 뛰는 게 힘들 것 같았습니다. '여기에 조금만 있어줘. 한 바퀴 후딱 뛰고 와서 데려가줄게.' 마침 움직임도 별로 없었고, 길가에 사람도 없어서 그래도 될 것 같았습니다. 평소보다 빠르게 한 바퀴를 뛰고 그곳으로 갔습니다. 이 녀석, 있었을까요? 없었을까요? 네, 당연히 없었습니다. 제 말대로 해줄 리가 없었습니다.

아내에게 얘기했더니 '내가 바보랑 결혼했나!' 싶은 표정을 짓습니다. 아이에게 보여주면 좋았겠다면서 제게 말했습니다. "여보, 손가락이 잘리더라도 들고 뛰었어야죠." 맞아요. 사슴벌레를 쥐고 달린 최초의 러너가 돼야 했습니다.

석 달 전쯤이었던 것 같습니다. 그날도 새벽에 달렸는데 어두컴컴했습니다. 마의 구간인 언덕을 걸어가고 있었습니다. 언덕에 있는 효자문을 지나는데 옆 산에서 바스락거리는 소리가 들렸습니다. 무서웠습니다. 야산에 뭔가가 있다는 생각에 땀이 식고 소름이 돋았습니다. 자세히 살펴보니 고라니 두 마리가 산에 올라가는 소리였습니다. 예전에 아내가 아파트 창문으로 산 쪽을 보다가 고라니를 발견해서 사진까지 찍어두었거든요. 덕분에 소리의 원천이 고라니라는 사실을 알았습니다. '조깅하면서 고라니를 본다고? 저자가 진짜 촌에 사네?'라고 말하는 소리가 들리는 것 같습니다만, 나름대로 택지에 사는 도시 남자라는 사실을 다시 한번 말씀드립니다.

고라니를 보고 나니 초임 발령 시절이 생각났습니다. 회식 자리에서 교감 선생님께서 본인이 겪었던 이야기를 들려주셨습니다. 새벽에 남대천을 따라 조깅하다가 멧돼지와 마주쳤다는 얘기였습니다. 남대천 코스는 저도 압니다. 거기 주변에는 산이 없습니다. 그래서 당연히 농담인 줄 알고 믿지 않았습니다. 그런데 그때 그 말씀이 진짜일 수도 있겠다는 생각이 듭니다. 안개가 자욱한 새벽이라고 하셨거든요. 무슨 바위인 줄 알았는데 점점 가까이 갈수록 커다란 멧돼지였다고 합니다. 교감 선생님께서 멧돼지 형체를 확인한 순간은 10m 거리였습니다. 뒤로 돌아 도망가면 공격할 것 같았습니다. 줄행랑은 선택지에 없었습니다.

교감 선생님께서는 어떻게 하셨을까요? 눈에 힘을 주고 당당하게 마주 섰습니다. 그렇게 10초간 노려봤더니 그 커다란 멧돼지가 도망갔다고 합니다. 눈빛으로 제압했다고 자랑하셨습니다. 당연히 거짓말이라고 생각했습니다. 그런데 고라니를 만나고 보니 진짜 있었던 일일 수도 있겠다 싶습니다. 저도 앞으로 새벽에 달리다가 고라니나 멧돼지를 만나면 눈빛으로 제압할 겁니다.

마지막으로 말씀드릴 동물은 지렁이입니다. 작년 여름에 만났던 동물입니다. 지렁이에게 미안한 마음이 큽니다. 7월부터 갑자기 지렁이가 길에 많아졌습니다. 아파트를 나서는 길에도 그랬지만 고개를 내려오는 길에 특히나 많았습니다. 정말 발 디딜 틈이 없었습니다. 살아 있는 지렁이는 얼마 안되었고 대부분 죽어 있었습니다.

'아니, 왜 이렇게 갑자기 지렁이가 많아졌지? 비가 오는 것

도 아닌데⋯⋯.'

라디오를 듣다가 알았습니다. 날씨가 더워진 탓에 주택가에 구렁이와 뱀이 나오니 조심하라는 뉴스였습니다. 아, 그리고 보니 강릉 날씨가 정말 더웠습니다. 연일 폭염 경보였습니다. 39도로 전국에서 가장 더웠습니다. 아마도 날이 더워서 지렁이가 땅에서 나온 것 같습니다. 땅속이 더워서 집을 나섰는데 밖은 더 뜨거웠겠죠. 지구가 더워진 건 사람 때문인데 동물들이 대신 죽는다는 생각에 마음이 무거웠습니다.

글을 쓰고 보니 동물들 덕분에 그간의 달리기가 외롭지 않았다는 생각이 듭니다. 앞으로 또 어떤 친구들을 만날지 기대됩니다. 눈빛으로 제압할 거지만, 그래도 멧돼지는 만나지 않았으면 좋겠습니다.

4. 야외 달리기 vs 헬스장 달리기

–

이 책의 원고를 처음으로 완성하고 관련 내용을 영상으로 만들어 유튜브에 올렸습니다. 제목은 '달리기하면 생기는 놀라운 변화 3가지'입니다. 그동안 조회 수가 100회를 넘기기 어려웠는데, 이 영상은 1,400회를 넘겼습니다. 구독자도 21명이 늘었습니다. 댓글도 10개가 넘게 달렸는데, 그중에 앨리스라는 분께서 질문을 남겨주셨습니다.

"5시에 나가서 뛴다는 게 두려워요. 러닝머신에서 뛰는 것과 다르겠죠?"

제가 만든 영상에는 고라니를 만난 사실과 멧돼지 이야기는 하지 않았지만, 이런 질문을 주신 까닭은 아마도 여성분이셨기 때문일 것 같습니다. 저는 남자라서 밖에서 뛰는 게 부담이 없지만, 새벽 5시에 여성 혼자서 달리기를 한다면 저도 걱정될 것 같습니다. 이번 장에서는 야외 달리기와 러닝머신 달리기, 각각의 장단점을 살펴보겠습니다.

야외 달리기는 자연과 어우러져 숨쉬기 좋은 공기를 마음껏 마실 수 있습니다. 일출과 함께 시작되는 새벽 공기는 상쾌하고 청명하여 마음마저 맑아지는 기분입니다. 주변 경치와 자연 소리가 달리기를 더욱 즐겁게 만들어줍니다. 또한 야외 달리기는 다양한 지형과 고도의 변화로 인해 근육을 더욱 다양하게 사용할 수 있어 전신운동 효과를 기대할 수 있습니다.

반면, 헬스장 러닝머신은 일정한 속도와 경사를 설정하여 맞춤 조정이 가능하다는 장점이 있습니다. 기상 상황에 구애받지 않고 달릴 수 있어 편리하고, 시간과 거리를 정확하게 측정하여 운동량을 체계적으로 관리할 수 있습니다. 또한 헬스장에서는 기구와 운동에 대한 전문 트레이너의 도움을 받을 수도 있습니다.

저는 달리면서 움직임 명상을 하고 있어서 혼자 있는 시간이 중요합니다.(이 부분은 4장, 나에 대해서 생각하는 시간에서 자세히 말씀드리겠습니다.) 새벽 5시에는 주변이 깜깜해서 저 자신에 대해 집중하는 일이 쉽습니다. 조금만 늦어도 해가 뜨고, 자동차가 다니면 저에게 집중하는 게 힘들어집니다. 헬스장에서 러닝머신을 타면 주변이 너무 환하고 곁에 있는 사람들이 신경 쓰여서 명상하기가 힘듭니다. 그래서 저는 야외에서 달리는 게 좋습니다.

그러나 야외든 러닝머신이든 어떤 환경을 선택하더라도 달리기는 자신에게 주는 최고의 선물입니다. 우리는 달리기를 통해 긍정적으로 변합니다. 달리면서 자신과 대화하고, 몸과 마음을 건강하게 만들 수 있습니다. 새벽의 고요한 거리를 달리며 자신을 되돌아보고, 마음을 정화하는 시간을 갖습니다. 러닝머신 위에서는 자신과의 싸움을 통해 내면의 강인함을 키울 수 있습니다. 달리기는 우리의 삶을 더욱 풍요롭게 만들어줍니다.

자연을 즐기며 야외에서 달리는 것과 편리하게 헬스장에

서 운동하는 것 사이에는 개인의 취향과 환경에 따라 다른 선택이 가능합니다. 중요한 것은 그 시간을 소중히 여기고 실제로 달리는 일입니다. 달리면서 우리는 나 자신을 발견하고, 성장하는 여정을 즐길 수 있습니다. 달리기를 통해 우리는 몸과 마음을 건강하게 유지할 뿐만 아니라, 인생의 여정에서 더 나은 자신을 찾아가는 길에 한 발짝 더 나아갈 수 있습니다.

야외든 러닝머신이든 중요한 것은 달리는 행위를 하는 것입니다. 다음 장부터는 어떻게 하면 진짜로 달리기를 할 수 있는지 비법을 전해드리겠습니다.

봄, 여름, 가을, 겨울의 기록. 사계절을 만끽하려면 야외 달리기가 좋긴 합니다.

4장

달리기가
쉬워진다

1. 나는 매일 달리는 사람이야

–

"맞아요, 새벽에 일어나 달리면 좋다는 사실은 누구나 알죠. 저도 작가님처럼 아침에 일어나 운동하고 싶어요. 그런데 그게 너무 힘들어요. 어떻게 하면 새벽에 일어나 달릴 수 있을까요?"

여러분의 한숨이 여기까지 들리는 것 같습니다. "일찍 일어나는 새가 피곤하다."라는 농담처럼 저녁형 인간이 한순간에 아침형 인간으로 바뀌는 것은 어려운 일입니다. 그래서 준비했습니다. 매일 일어나 달릴 수 있는 저만의 꿀팁을 소개하도록 하겠습니다. 이번 장은 첫 번째 조언을 드리는 시간입니다.

작가 댄 록의『부의 마스터키』라는 책을 읽었습니다. 저자 댄에게는 마이크라는 친구가 있습니다. 마이크는 매일 아침 6시에 일어나 한 시간 동안 달립니다. 비가 오나 눈이 오나, 날이 더우나 추우나 마이크는 조깅을 계속합니다. 비결이 궁금한 댄이 마이크에게 물었습니다.[10]

"마이크, 너는 어떻게 매일 아침 조깅하는 거야? 어떻게 완벽하게 너 자신을 절제할 수 있는 거지? 비밀이 뭐야? 단하루도 네가 조깅을 빼먹는 걸 본 적이 없는 것 같아!"

마이크는 이상하다는 듯이 댄을 보고 대답합니다.

"댄, 나는 러너니까 뛰는 거야."

마이크는 매일 아침 동기부여 영상을 보거나, 플래너에 달리기 일정을 쓰거나, 달리기 코치를 두지 않았습니다. 그는 그냥 러너입니다. 동기의 원천은 절제에 있지 않습니다. 그가 매일 뛸 수 있었던 바탕에는 정체성이 있습니다.

---

10 『부의 마스터키』, 댄 록, 서영, 166쪽

여러분에게 건강한 습관이 있더라도 약한 정체성을 갖고 있다면 여러분의 행동은 결국 약한 정체성을 따라가게 됩니다. 열심히 다이어트에 성공하고도 다시 살이 찌는 사람들을 떠올려봅시다. 요요 현상이 연상됩니다. 요요는 왜 일어날까요? 식단이나 운동 계획을 따르지 않아서가 아닙니다. 자기 자신을 예전 몸무게의 사람으로 기억하기 때문에 현실이 다시 그 생각에 맞춰진 겁니다. '난 원래 뚱뚱한 사람이야.'라고 스스로 규정짓기 때문에 다이어트에 성공했지만, 도로 살이 쪄버린 겁니다.

정체성은 어떤 결과를 말해주는 예언과 같습니다. 왜냐하면 우리는 스스로 인식하고 있는 나 자신을 고수하려는 습성이 강하기 때문입니다. 사람은 잘 바뀌지 않습니다. 만약 여러분이 자신을 보수적이고 안전을 추구하는 사람이라고 생각한다면 번지점프나 스카이다이빙에 도전하기 어려울 겁니다. 여러분이 스스로 내향적인 사람이라고 생각한다면 모르는 사람이 많은 장소에서 먼저 자신을 소개하기 어려울 겁니다.

우리는 오래된 정체성에 갇혀 있습니다. 사람은 대부분 어린 시절에 정체성이 결정됩니다. 가족, 형제자매, 친구들, 선생님, 미디어나 유명한 사람들로부터 영향을 받습니다. "너는 내성적이구나." 혹은 "너는 정말 말썽꾸러기야."와 같은 말 한마디에 우리 정체성은 엄청난 영향을 받습니다. 어린아이들은 들은 대로 자기 자신을 규정합니다.

저는 운이 좋게도 매일 새벽 조깅하는 아버지를 보고 자라 왔습니다. 가훈이 근면, 성실인 집안에서 태어났습니다. 아버지 어머니께서는 학창 시절 저를 많이 믿어주셨습니다. 어떤 일이든 못할 거라는 생각보다는 무엇이든 할 수 있다는 생각이 자연스럽게 생겼습니다. 덕분에 저는 새벽에 일어나 달리는 것이 그렇게 어렵지 않았습니다.

그럼 매일 아침 달릴 수 있는 정체성을 가지려면 어떻게 해야 할까요? 러너가 되겠다는 마음을 갖는 것부터 시작해야 합니다. '난 원래 일찍 일어나지 못해.' 혹은 '달리기는 나랑 맞지 않아. 지루해.' 같은 생각을 하지 말아야 합니다. 이런 마음을 갖는 순간 달리는 행동을 시도조차 할 수 없습니다.

자신의 현재 상태에 맞추기 위해 스스로 정체성을 깎아내리지 마세요. 약한 정체성을 갖게 되면 어느 순간 마음먹은 행동을 그만두게 됩니다. 좀 더 나은 삶을 살기 위해 노력하지 못합니다. '난 그냥 어쩔 수 없는 건가 봐.' 하고 포기합니다. 결국 기준을 높이는 대신 기대를 낮춰 현실과 딱 맞는 약한 자아로 살아가게 됩니다.

다행히 반대도 가능합니다. 나에 대한 기준을 높일 수 있습니다. 우리는 우리의 정체성을 높이고 개선할 수 있습니다. "나는 매일 새벽, 달리는 사람이야."라고 자기 자신을 규정해보세요. 그러면 이를 달성하고자 하는 놀라운 욕구를 느낄 수 있습니다. 여러분의 정체성을 개선하세요. 그러면 행동은 곧 따라옵니다.

변화는 시간이 걸리는 일입니다. 정체성을 바꾸는 것은 자신만의 방식과 속도로 진행되어야 합니다. 인내심을 가지고 차근차근 전진해야 합니다. 앞으로 여러분의 정체성을 바꿀 수 있도록 안내해드리겠습니다. 차근차근 따라오신다면 여러분도 어느새 새벽 러너가 될 수 있을 겁니다.

2023년 7월 달리기. 저는 러너라서 오늘도 달립니다.

2. 인생에 더하기를 해줄 사람

–

    매일 아침 달릴 수 있는 꿀팁을 알려드리는 두 번째 시간입니다. '매일 새벽, 달리는 사람'이라는 정체성을 가져야 한다고 말씀드렸습니다. 이 정체성을 갖는 데 도움이 되는 방법을 알려드리겠습니다. 바로 다른 사람과 함께 달리는 겁니다.

    표면적인 의미대로 여러 명과 함께 달립니다. 가족과 함께 달릴 수도 있습니다. 요즘에는 '러닝 크루'라고 부르는 동호회 사람들과 함께 달려도 좋습니다. 『아무튼, 달리기』라는 책을 보면 저자도 러닝 크루와 달리면서 달리기의 즐거움을 새롭게 느낍니다. 훈련도 함께하면서 달리기 능력이 향상되어 마라톤까지 나갈 수 있었습니다.

    세계 최고의 비즈니스 멘토라고 불리는 『슈퍼 석세스』의 저자 댄 페냐는 이렇게 말했습니다.

"당신은 곧 당신과 어울리는 사람입니다. 당신의 친구를 보여주세요. 제가 당신의 미래를 말해주죠."

이것은 정말입니다. 우리는 나를 둘러싸고 있는 가까운 사람들의 영향을 받을 수밖에 없습니다. 주변 사람들을 바꾸지 않고 우리 인생을 변화시키는 것은 어려운 일입니다. 생각해 보세요. 주변 친구들이 전부 흡연자라면 여러분이 담배를 피우지 않기가 쉽지 않겠지요? 설령 비흡연자로 남더라도 간접흡연에 노출될 겁니다. 흡연자가 되는 것만큼 나쁩니다.

여러분 주변 사람들이 모두 운동한다면 여러분도 운동할 가능성이 커집니다. 그들은 여러분이 운동할 수 있도록 돕고 응원할 겁니다. 덕분에 난관이 생기더라도 쉽게 헤쳐나갈 수 있습니다. 중요한 사실은, 내 주변 사람들을 바꾸는 일은 우리 스스로 선택할 수 있다는 점입니다. 여러분 주변 사람들이 "새벽에 조깅을 뭐 하러 해. 그냥 잠이나 자."와 같은 말만 한다면 그 곁을 벗어나는 게 좋습니다. 여러분 인생에서 뭔가를 빼앗아갈 사람이 아니라, 더해줄 수 있는 사람과 시간을 보내세요.

  다른 사람과 함께 달리면 왜 좋을까요? 집단 무의식을 경험하기 때문입니다. 사람은 어떤 집단에 들어가면 그 집단이 떠받드는 일이 가장 가치 있다고 생각합니다. 마라톤 동호회에 들어가면 마라톤 기록이 제일 좋은 사람이 가장 멋진 사람이 됩니다. 배드민턴 동호회에 들어가면 배드민턴을 잘 치는 사람을 따르게 됩니다. 그래서 우리는 원하는 모습과 성향을 추구하는 모임에 들어갑니다. 혼자 하는 것보다 집단에서 함께할 때 원하는 목표를 더 뚜렷이 기억하고 행동하기 쉽습니다. 러닝 크루 같은 동호회에 가입하면 먼저 활동한 사람들의 행동 패턴을 배울 수 있습니다. 일상생활을 하다 보면 달리기를 꾸준히 하기 어려운데 잘하는 사람들을 보면서 동기부여를 할 수 있습니다. 게으른 자신을 반성하고 다른 사람들과 함께 운동할 수 있습니다.

  제가 사는 강릉은 러닝 동호회가 그렇게 발달하지 않았습니다. 저는 새벽에 달리기 때문에 이 시간에 뛰는 사람도 많지 않습니다. 그래서 저는 다른 방법을 사용합니다. 자기 계발 단톡방에 들어가서 달리기를 인증합니다.

저는 카카오톡 채팅방 두 군데를 이용해서 모르는 사람들과 만나고 있습니다. 첫 번째, 스터디언에서 운영하는 곳으로 데일리 리포트를 적는 모임입니다. 두 번째, 경제적 자유를 위한 독서&루틴 만들기 방입니다. 이곳에 제가 운동한 사진을 공유합니다. 단톡방에서는 하루 식단, 운동 인증 사진, 책 읽는 모습, 데일리 리포트, 블로그에 쓴 글을 공유합니다. 다른 사람들의 건강한 생활 모습과 자기 계발을 꾸준히 실천하는 광경을 보면서 자극받고 힘을 냅니다.

새벽 달리기는 자기 의지만으로 꾸준히 지속하기 어려운 일입니다. 며칠은 일어나 달릴 수 있더라도 조금만 피곤하면 자기 합리화가 일어나면서 실행하기 어렵습니다. 이럴 땐 환경 설계가 도움이 됩니다. 매일 아침에 일어나 달리기를 하겠다고 주변에 선언하고, 단톡방에 인증해야 하는 환경을 만드세요. 환경 설계가 불러온 말과 행동의 차이는 의사 결정에 영향을 줍니다. 새벽에 일어나 운동하겠다고 주변 사람들에게 말했는데, 이를 지키지 못하면 못난 사람이 됩니다. 남들에게 무능한 사람이 되지 않기 위해서라도 졸린 눈을 비비고 일어나게 됩니다. 단톡방에 운동한 사진을 올리면 다른 사람들이 응원해줍니다. 이게 큰 힘이 됩니다. 내가 받은 격려를 다른 사람에게도 전해주고 싶어집니다. 서로 선순환이 일어나면서 새벽 달리기가 습관이 됩니다.

자청의 『역행자』를 보면 정체성을 바꾸는 세 가지 방법이 나옵니다. 책을 통한 간접 최면, 환경 설계, 집단 무의식입니다.[11] 새벽 달리기를 정체성으로 확립하는 일에도 이 세 가지가 도움이 됩니다.

우선, 책을 통한 간접 최면입니다. 나보다 먼저 달리기를 경험한 사람의 책을 보게 되면 나도 할 수 있다는 생각이 듭니다. 이 책이 여러분께 도움이 되었으면 좋겠습니다.

둘째, 환경 설계입니다. 여러분의 의지를 너무 믿지 말고 뛸 수밖에 없는 환경을 마련해보세요. 내일부터 새벽에 달리겠다고 주변 사람들에게 선언하세요. 새벽에 일어나 달리지 못하면 5만 원을 주겠다고 하는 겁니다.

마지막으로 집단 무의식입니다. 달리는 모임에 들어가니

11 『역행자』, 자청, 웅진지식하우스, 108~115쪽

다. 달리기 모임이 없다면 자기 계발 단톡방에 들어가 달린 것을 인증해보세요.

혼자 달리면 외롭지만 함께하면 힘이 됩니다. 런데이 앱에 저 '일신샘'을 추가해주시면 저와 함께 달릴 수 있습니다. 제가 하트를 꼭 눌러드릴게요!

3. 욕심을 부리지 마세요

—

'나는 새벽에 일어나 매일 달리는 사람이야.'라는 정체성을 가졌다 하더라도 뛰는 게 너무 힘들다고 말하는 분들이 계십니다. 학창 시절에 했던 오래달리기를 떠올리면서 숨이 차고 피 맛까지 나는 그 고통을 왜 겪어야 하는지 의문이 든다고 말합니다. 이번 장은 그런 분들을 위해 준비했습니다. 결론부터 말씀드리면, 그건 저의 달리기가 아닙니다. 그냥 편하게 걷고 살며시 뛰세요.

"아침부터 힘들게 일어났는데, 살살 뛰면 도대체 운동이 되겠어요?"라고 반문하실지도 모르겠습니다. 아니에요, 운동이 너무나 잘됩니다. 이번에는 조금 전문적인 이야기를 드리겠습니다.

하루야마 시게오가 쓴 『뇌내혁명』을 읽고 지금의 달리기 스타일에 정착했습니다. 성인이 병에 걸리는 가장 큰 원인은 스트레스와 지방입니다. 요즘은 이 두 가지가 너무나 쉽게 쌓이는 시대라서 병에 걸릴 위험성이 높습니다. 지방을 섭취하고도 안전할 방법은 없을까요? 근육을 충분히 만들면 됩니다. 근육과 산소만 있으면 지방이 연소하기 때문입니다. 근육량이 감소하지 않으면 지방의 독으로부터 안전합니다. 중년이 지나 비만 체형이 되고 병에 걸리는 것은 근육량이 감소하기 때문입니다.

우리의 혈액은 심장이 펌프 역할을 한 덕분에 온몸으로 공급됩니다. 혈액은 세포에 영양과 에너지를 제공하고 노폐물을 받아서 다시 심장으로 돌아옵니다. 근육은 혈액순환을 돕습니다. 세포가 공급받은 혈액을 심장으로 되돌려보낼 때 근육의 힘이 필요합니다. 그래서 근육은 '제2의 심장'이라고도 불립니다. 즉, 혈액순환은 심장과 온몸 근육이 함께하는 공동 작업입니다. 따라서 우리는 근육을 늘리고 지방을 줄여 혈액순환이 잘될 수 있는 몸을 만들어야 합니다.

그렇다면 지방은 어떻게 연소하면 좋을까요? 우리는 보통 운동을 열심히 해야 지방을 태우고 살이 빠진다고 생각합니다. 잘못된 생각입니다. 고강도 운동을 해도 지방은 연소하지 않습니다. 지방은 저강도 운동을 할 때 연소합니다. 운동에는 두 가지가 있습니다. 하나는 근육을 단련하는 운동이고, 다른 하나는 지방을 연소하는 운동입니다. 이 두 운동은 완전히 다른 종류입니다. 근육을 단련하는 운동은 고강도 운동입니다. 무거운 역기를 들어 올리는 운동이나 마라톤이 고강도 운동입니다. 조깅이나 산책처럼 가볍고 오랫동안 하는 저강도 운동이 지방을 연소합니다.[12]

격렬한 고강도 운동을 하면 왜 지방이 연소하지 않을까요? 그 이유는 간단합니다. 지방이 연소하려면 충분한 산소가 필요합니다. 격렬한 운동을 하면 몸속 산소가 모두 동원되기 때문에 지방을 태울 수 없습니다. 여러분이 100m를 전력 질주하는 속도로 1㎞를 뛴다고 생각해보세요. 숨이 차서 헐떡이게 됩니다. 왜 그럴까요? 너무 힘든 운동을 하면 코와 입으로 들이마시는 산소로는 부족해 몸속에 있는 산소를 쓰게

12　『뇌내혁명』, 하루야마 시게오, 중앙생활사, 114~120쪽

됩니다. 그러니 운동을 마치면 산소를 채우기 위해 숨을 헐떡이는 겁니다. 이런 격렬한 운동으로는 지방을 연소하지 못합니다. 그러므로 살 빼기가 목적이라면 격한 운동은 피해야 합니다. 그런 운동은 효과도 없을 뿐 아니라 활성산소로부터 피해를 보게 됩니다.

우리가 격렬한 운동을 하면 호흡량이 늘어 활성산소가 발생합니다. 활성산소는 안정된 상태의 산소보다 활성이 크고 불안정한 산소를 말합니다. 활성산소는 재관류일 때 대량으로 나타납니다. 재관류란 잠시 혈액 흐름이 멈추었다가 다시 흘러가기 시작하는 현상을 말합니다. 모세혈관의 굵기는 혈구 한 개가 겨우 지나갈 정도입니다. 혈관이 수축하면 순간적으로 혈액 흐름이 잠시 멈춥니다. 심장이 펌프 역할을 해서 일정한 압력으로 혈액을 밀어내서 다시 혈액이 흐릅니다. 이때 활성산소가 대량으로 발생합니다.

활성산소는 세포를 공격해서 유전자를 훼손합니다. 손상된 곳에 따라서는 암이 발생하기도 합니다. 그래서 혈액 흐름은 시냇물처럼 항상 막힘없이 흘러야 합니다. 그럼 어느 정도로 운동을 해야 활성산소의 독성을 피하면서도 몸에 쌓인 지방을 연소할 수 있을까요? 다음의 수식에 여러분 나이를 넣어 계산해보세요.

남성 최고 심박수 = 214 − (0.8 × 연령)
여성 최고 심박수 = 209 − (0.7 × 연령)

제가 만으로 서른일곱입니다. 저 공식에 대입하면 최고 심박수는 184입니다. 최고 심박수의 60~75%를 유지하는 운동이 가장 좋습니다. 저는 110에서 138입니다. 만약 50세 여성이라면 가장 좋은 심박수는 104에서 130입니다. 생각보다 낮죠? 옆 사람과 대화를 할 수 있으면서 살짝 숨이 차는 정도가 딱 알맞은 심박수입니다. 이렇게 낮은 심박수를 유지하면서 운동해야 활성산소의 독에서 건강을 지킬 수 있습니다. 근육을 만드는 목적은 혈액 흐름을 개선하고, 지방이 주는 손해를 없애기 위해서입니다. 그 목적을 잊지 말아야 합니다.

『내면소통』의 저자 김주환 교수님도 존2 훈련(Zone 2 training)을 강조하십니다. 몸으로 들어오는 산소의 양과 몸에서 소비되는 산소의 양이 균형을 이루는 2단계 운동을 꾸준히 하면 세포의 에너지 생산 효율이 높아집니다. 면역력도 좋아지고 노화 방지에도 도움이 됩니다. 이런 효과는 2단계를 넘어가는 운동에서는 나타나지 않습니다.

체력의 한계까지 밀어붙이면서 운동하는 건 효과도 없고 오히려 몸과 마음을 상하게 합니다. 고른 호흡을 하면서 편안한 운동을 장시간 지속하면 산소가 충분히 공급되어 지방이 연소합니다. 지방을 연소하는 운동 중 가장 좋은 것은 걷기입니다. 이 정도만으로도 충분히 운동 효과가 나타납니다. 저강도 운동을 하면 뇌 속에서 엔도르핀이 분비됩니다. 운동 자체가 기분 좋은 행위가 되고 덕분에 운동을 계속할 수 있습니다.

우리는 빨리 뛸 필요가 없습니다. 힘들게 운동하면 오랫동안 지속할 수 없습니다. 오히려 몸에 좋지 않습니다. 그러니 느긋하게 걷고 살랑살랑 뛰면 됩니다. 뱃살도 빠지고 혈액순환도 잘되어 건강해집니다. 저는 매일 이렇게 운동합니다. 여러분, 이 정도면 할 만하지 않나요?

　매일 새벽에 일어나 달리기를 할 수 있는 네 번째 꿀팁은 바로 명상입니다. 운동하면서 명상을 한다고 하면 "그게 말이 되냐?"라고 되물으실 겁니다. 명상은 꼭 가부좌를 틀고 자리에 앉아서 눈을 감고 하는 게 아닙니다. 저는 명상이 어렵다는 분들께 시각화를 권합니다. 천천히 달리면서 나의 미래를 그려봅니다. 즐거운 상상을 합니다. 이것이 가능한 이유는 빨리 뛰지 않고 천천히 걷고 달리기 때문입니다. 저는 이 시각화가 재밌어서 운동을 계속하고 있습니다.

　1장에서 제가 달리는 과정을 말씀드렸죠? 먼저 가족에 대해서 주문을 겁니다. 이어서 제 소원도 생각합니다. 제가 되고 싶은 모습을 머릿속에서 상상합니다. 이루고 싶은 꿈 다섯 가지도 되뇐다고 말씀드렸죠? 이 다섯 가지가 며칠 사이에 바뀌었습니다. 매일 달리면서 저에 대해 생각하다 보니 꿈이 바뀌기도 합니다.

작년에는 안예진 작가의 『독서의 기록』을 읽고 저도 독서 인플루언서가 되고 싶었습니다. 하지만 시간이 지나고 보니 제가 진짜로 바라는 것이 아니라는 생각이 들었습니다. 수업 혁신연구대회 입상도 바랐던 일이지만, 준비가 미흡해서 내년으로 미뤄야겠다고 생각했습니다. 그래서 이런저런 이유로 꿈을 수정합니다.

여러분도 걸으면서 시각화, 움직임 명상을 꼭 해보셨으면 좋겠습니다. 명상을 어렵게 생각할 필요가 없습니다. 누구나 생각만 해도 즐거워지는 대상이 있을 겁니다. 그것을 떠올리는 일이 명상입니다. 명상에 대해 까다로운 이치를 들으며 힘들게 따라 해도 스트레스를 받으면 아무 소용이 없습니다. 명상의 목적은 뇌파를 알파파로 만드는 겁니다. 알파파가 많아지면 뇌 속에서 엔도르핀이 나옵니다. 이 과정이 익숙해지면 명상을 하면서 자신이 원하는 대상이 되는 경험을 하게 됩니다. 이 과정이 무척 행복합니다. 한 번 경험하면 그만두기 어렵습니다.

새벽에 일어나는 일은 솔직히 쉽지 않습니다. 알람을 끄고 그냥 더 자고 싶은 게 당연합니다. 운동은 귀찮습니다. 그런데 제가 매일 일어날 수 있는 비밀은 바로 시각화와 명상이 재밌기 때문입니다. 저는 주로 이런 생각을 합니다.

'오늘 하루는 어떻게 보낼까?'
'앞으로 나는 어떤 사람이 될까?'
'내가 꿈꾸는 사람이 되려면 무엇부터 시작해야 할까?'
'가족들과 학교에서 만나는 아이들을 행복하게 하려면 어떤 일을 하면 좋을까?'

명상하다 보면 기분이 좋아서 저절로 긍정적인 생각이 꼬리에 꼬리를 뭅니다. 아침에 비가 내려도 웬만하면 우산을 쓰고 나가게 됩니다.

이렇게 걸으면서 명상하면 기분이 좋아지는 까닭은 무엇일까요? 우뇌가 활발하게 움직이기 때문입니다. 기분 좋은 상상을 하면 우뇌에서 알파파가 나옵니다. 우뇌를 쓰려면 좌뇌를 진정시켜야 하는데, 좌뇌를 진정시키는 데 가장 효과적인 방법이 걷기입니다. 좌뇌가 잠자코 있으면 우뇌에서 지혜가 솟아납니다. 가만히 앉아서 하는 명상이 좋다고 하는 사람도 있지만, 가만히 있으면 지혜가 떠오르지 않습니다. 오히려 잡념이 고개를 내밉니다. 그러니 걷고, 달리면서 여러분이 좋아하는 대상에 대해 생각해보세요.

한편, "나는 일하느라 바빠서 시간이 없어. 쉴 시간이 모자라서 아무것도 하기 싫어. 그래서 걷고 뛰는 것도 모두 귀찮아."라고 말하는 분이 계실지 모르겠습니다. 아닙니다. 그렇게 일에 치이고, 지칠수록 걷고 뛰셔야 합니다.

삶이 고단하고 힘든 이유는 일이 힘들어서가 아닙니다. '생각'하지 않고 눈앞에 놓인 일을 처리하느라 바쁘기 때문입니다. 사회생활에서 스트레스를 받으면 뇌 속 편도체가 활성화됩니다. 그러면 전두엽을 써서 이성적인 생각을 할 수 없습니다. 우리 눈앞에 갑자기 호랑이가 튀어나온다면 생각할 겨를 없이 도망가야 하잖아요? 우리에게 산더미처럼 쌓여 있는 일은 호랑이와 같습니다. 쌓인 일 때문에 편도체가 활성화되면 전두엽을 써서 장기적인 인생 전략을 세울 수 없습니다. 눈앞에 놓인 일만 해서는 심리적인 무게에서 벗어날 수 없습니다. 이런 압박 속에서는 시야를 넓게 볼 수 없습니다. 스트레스가 지속되면 번아웃에 시달리고 병에 걸립니다.

이럴 땐 어떻게 해야 할까요? 생각할 시간을 마련해야 합니다. 자신에 대해 생각하는 시간을 가져야 인생을 어떻게 살아갈지 전략을 짤 수 있습니다. 새벽에 일어나 걸으면 생각할 시간을 확보할 수 있습니다. 저강도로 걷고 뛰기 때문에 생각을 정리하고, 내 인생의 방향을 잡을 수 있습니다. 천천히 걷고 살랑살랑 뛰면 뇌는 몽상 모드에 들어갑니다. 몽상 모드는 뇌가 휴식하는 상태를 말합니다. 이때 우리는 내면의 소리에 집중할 수 있습니다. 현재 내가 가진 문제를 풀 수 있는 실마리를 얻게 됩니다.

머리가 복잡할 때는 오히려 시간을 내서 달리기를 해야 합니다. 생각을 정리할 시간이 존재하지 않으면 인생의 방향을 잃습니다. 움직이면 모든 게 천천히 정리됩니다. 정리된 정보들이 모여서 뇌가 스스로 해결책을 냅니다. 창의적이고,

진정한 지혜를 만나고 싶다면 몸을 움직이면서 명상하는 것이 최고의 방법입니다. 철학자 칸트가 하루도 빠짐없이 산책했다는 이야기는 유명하죠? 그의 사고는 대부분 산책에서 나온 산물입니다.

아니, 아직도 가만히 앉아 계세요? 당장 달리기하러 나갑시다. 일어나세요!

비가 내려도 계속 달릴 수 있는 이유는 명상이 재밌기 때문입니다.

5. 최고의 학습 타이밍

–

매일 새벽에 일어나 달리기를 할 수 있는 꿀팁을 알려주는 다섯 번째 시간입니다. 이번에는 운동하고 나서 학습하는 시간을 가져야 한다는 말씀을 드리려고 합니다. 달리기는 몸만 건강하게 만들어주지 않습니다. 달리면 우리 두뇌까지 발달합니다. 머리를 좋게 만드는 것 중에 가장 강력한 행동이 바로 운동입니다. 달리기가 어떻게 우리 뇌를 좋게 만드는지 말씀드리고, 제가 하는 특별한 방법도 함께 소개해드리겠습니다.

1995년 캘리포니아대학교 칼 코트먼 교수는 우리가 운동할 때 신경세포에서 생산되는 단백질 뇌유래신경영양인자

(BDNF)가 증가한다는 것을 발견했습니다.[13] BDNF는 뇌 시냅스 근처에 위치한 저장소에 모여 있다가 혈액이 펌프질할 때 분비되는 단백질입니다. 새로운 신경세포를 생성하고 기존 신경세포를 보호하며 시냅스 연결을 촉진합니다. BDNF는 뇌 가소성에 핵심적인 역할을 하며 학습과 기억의 가장 중요한 토대를 마련해줍니다. 이렇게 중요한 BDNF는 우리가 운동할 때 생성됩니다.

운동할 때 만들어진 신경세포들은 다른 신경세포들을 자극해서 장기 상승작용을 돕습니다. 장기 상승작용은 학습할 때 오래 기억할 수 있도록 돕는 현상을 말해요. 운동하면 기억과 학습을 관장하는 해마가 건강하고 더 젊은 상태로 유지됩니다. 운동하면 세로토닌, 도파민, 노르에피네프린 등의 신경전달물질이 분비되어 집중력이 좋아집니다. 또한 긍정적 태도가 생기고 인내심과 자제력을 높일 수 있습니다. 운동은 우리 뇌가 공부를 잘할 수 있도록 최상의 조건을 제공합니다.

운동과 학습에 관한 최고 권위자이자 『운동화 신은 뇌』의

---

13 『완벽한 공부법』, 고영성, 신영준, 로크미디어, 288쪽

저자 존 레이티는 이렇게 말합니다.

"학습과 기억력은 우리 조상들이 식량을 찾게 해주었던 운동 기능과 함께 진화했다. 따라서 뇌에 관한 한, 몸을 움직이지 않으면 무언가를 배울 필요도 없다고 할 수 있다."

그럼, 어떤 운동이 두뇌를 좋게 만들까요? 유산소운동입니다. 2016년 핀란드 이위베스퀼레대학 연구팀은 학습에 가장 좋은 운동이 무엇인지 연구했습니다.[14] 한 집단의 쥐에게는 유산소운동을 시키고, 다른 집단에게는 격렬한 근육 강화 운동을 시켰습니다. 7주 동안 달리기를 한 쥐들은 새로 생겨난 신경세포가 가득했습니다. 근육 강화 운동을 한 쥐들도 신경세포가 생겼지만 달리기를 한 쥐보다는 많지 않았습니다. 걷기와 달리기를 하면 뇌가 발달해서 학습에 도움을 줍니다.

그렇다면 운동을 언제, 얼마나 해야 할까요? 운동은 공부하기 전에 해야 합니다. 운동을 마치면 그 즉시 전두엽에 혈류량이 많아지면서 학습을 위한 최상의 상태에 돌입합니다.

14 『완벽한 공부법』, 고영성, 신영준, 로크미디어, 291쪽

존 레이티는 일주일에 4~5회, 30분씩 운동하는 것이 가장 좋다고 조언합니다.

저도 매일 새벽에 30분씩 달리고 나서 글을 씁니다. 운동하고 씻은 후에 책상에 앉으면 하루 중 가장 높은 집중력을 발휘할 수 있습니다. 이 시간에 가장 중요한 일을 합니다. 2년 동안『초등 논어 수업』초고를 쓰고, 퇴고해서 책을 출간했습니다. 요즘에는 여러분이 읽고 있는 이 책을 쓰고 있습니다. 출근 준비를 해야 해서 오랫동안 쓸 수는 없지만, 집중해서 글을 쓴 덕분에 많은 일을 할 수 있었습니다. 여러분도 새벽에 운동하고 나서 책을 읽거나 공부하면 평소와 다르다는 걸 느낄 수 있을 겁니다. 힘들게 애써서 운동하고 아무 일도 하지 않으면 최적의 학습 시간을 낭비하는 겁니다. 단 10분이라도 자기 계발에 시간을 써보길 바랍니다. 저처럼 글을 써도 좋습니다. 영어 공부를 해도 좋고, 업무 능력을 키우는 공부도 좋습니다. 학습하기 좋은 최상의 상태에서 여러분의 가장 중요한 일을 해보시길 권합니다.

달리면서 제가 하는 특별한 일을 말씀드리겠습니다. 일본

정신과 의사 가바사와 시온의 『야근은 하기 싫은데 일은 잘하고 싶다』에서 뇌가 폭발적으로 발달하는 방법을 배웠습니다. 바로 듀얼태스킹입니다.[15] 학창 시절에 음악을 들으며 공부해보신 적이 있으신가요? 음악을 들으며 공부하는 건 두 가지 일을 동시에 하는 멀티태스킹입니다. 하지만 음악을 제대로 듣지도 못하고, 공부에도 집중할 수 없습니다. 멀티태스킹은 여러 일을 동시에 해서 효율적이라고 생각하지만, 실상은 매우 비효율적인 행동입니다.

여러 가지 일을 동시에 진행하면 이도 저도 되지 않습니다. 하지만 듀얼태스킹은 예외입니다. 듀얼태스킹은 유산소 운동과 뇌 트레이닝을 동시에 진행합니다. 듀얼태스킹은 뇌를 훈련하는 데 매우 효과적입니다. 뛰면서 100부터 3씩 뺄셈을 하는 겁니다. 두세 명이 함께 달리면서 끝말잇기를 하는 방법도 있습니다. 듀얼태스킹을 할 때는 뇌 트레이닝 과제가 너무 어렵지 않아야 합니다. 운동량이 조금 힘들다고 느끼는 정도여야 효과가 높습니다. 앞에서 말씀드린 존2 운동을 하면서 듀얼태스킹을 하면 딱 좋습니다.

---

15 『야근은 하기 싫은데 일은 잘하고 싶다』 가바사와 시온, 북클라우드, 75~82쪽

저도 이 사실을 알고부터 뛰면서 듀얼태스킹을 합니다. 100에서 3씩 빼는 건 너무 쉽습니다. 그래서 저는 100에서 7씩 뺍니다. 그냥 뛰면 거친 숨소리에 집중하게 되니 몸이 힘들다고 느껴집니다. 하지만 머리를 쓰면서 달려보니 몸이 힘들지 않습니다. 숨이 차오르는 느낌이 상쾌하고 좋습니다. 100에서 7까지 모두 뺐으면 뛰는 걸 멈추고 다시 걷습니다.

30분 정도 걷거나 뛰는 운동을 하는 사람은 많습니다. 물론 운동만 해도 뇌가 좋아지지만, 여기에 가볍게 머리를 쓰는 인지 과제를 함께하면 효과가 더 좋습니다. 나이가 들수록 뇌 기능이 점점 떨어진다는 사고방식은 현재 뇌과학에서 완전히 부정되고 있습니다. 뇌는 죽을 때까지 성장합니다. 뇌가 좋아지면 집중력이 좋아지고 워킹메모리가 좋아집니다. 워킹메모리가 좋아지면 해야 하는 여러 가지 일을 관리할 수 있습니다. 어떤 일이든 실수하지 않고 꼼꼼하게 처리할 수 있습니다. 여러분도 듀얼태스킹을 통해 뇌 훈련을 꼭 해보시길 바랍니다.

저는 뇌과학 책을 좋아합니다. 학습하는 메커니즘을 알고 공부를 어떻게 더 잘할 수 있는지 교실 속 아이들에게 알려 주었습니다. 기억을 더 잘하려면 반복 연습뿐만이 아니라, 감정을 이용해야 한다는 사실도 알게 되었습니다. 성장하는 방법을 과학적으로 알게 되니 더 나은 사람이 되기 위해 노력하게 되었습니다. 무엇보다 뇌과학을 통해 저와 주변 사람들을 이해할 수 있었습니다.

뇌과학과 달리기를 연결한 『뇌는 달리고 싶다』라는 책을 읽었습니다. 이 책 덕분에 달리기를 더 열심히 하게 되었습니다. 달리기가 뇌에 얼마나 좋은 영향을 주는지 알게 되자 달리기를 더 잘하고 싶어졌습니다. 달리기하라고 주변에 알리기 시작했습니다. 여러분에게도 이 사실을 전하고 싶습니다.

저자 안데르스 한센은 정신과 전문의로 일하며 읽어본 수천 편의 논문 중에서 가장 감명 깊었던 것으로 60세 실험 참가자 100명의 뇌를 MRI로 검사했던 연구를 고릅니다. 저자는 이 연구를 보고 의료와 건강에 대한 관점뿐만 아니라 인생 전반에 대한 태도까지 바뀌었습니다.[16]

60세 참가자들을 두 집단으로 나누었습니다. 첫 번째 집단은 1년 동안 일주일에 몇 번씩 규칙적으로 걷기 운동을 했습니다. 두 번째 집단은 심장박동수가 올라가지 않는 편한 활동만 했습니다. 실험을 시작하기에 앞서 참가자들의 뇌를 MRI로 검사하고, 1년 후에 결과를 비교해보았습니다.

걷기 운동을 한 참가자들은 1년 동안 몸이 더 좋아졌을 뿐만 아니라, 뇌가 더 효율적으로 변했습니다. MRI 검사 결과이들은 전두엽, 후두엽, 측두엽 사이의 연결이 더 강화되었습니다. 간단히 말하자면 뇌의 서로 다른 영역들이 더 잘 통합된 것입니다. 뇌 전체가 더욱 효율적으로 기능하게 되었습니다.

---

16 『뇌는 달리고 싶다』, 안데르스 한센, 반니, 14~16쪽

신체 활동을 활발히 해왔던 참가자들의 뇌는 전보다 젊어졌습니다. 이들의 뇌는 마치 늙지 않고, 오히려 생물학적으로 더욱 강해진 것처럼 보였습니다. 특히 전두엽과 측두엽 사이의 연결이 두드러지게 강화되었습니다. 이곳은 뇌에서 노화의 영향을 가장 크게 받는 영역입니다. 두 영역의 연결이 개선되어 노화 과정이 멈추었습니다. 달리기를 하는 사람은 뇌가 더 효율적으로 작동합니다. 달리면 뇌를 더 활기차게 만들 수 있습니다.

저는 이 사실을 알고 달리기를 더 열심히 해야겠다는 생각이 들었습니다. 달리면 체력이 좋아지고, 근력 운동을 하면 근육을 단련할 수 있다는 점은 누구나 알고 있습니다. 하지만 달리기가 뇌에 변화를 가져올 수 있다는 사실은 거의 모르고 있습니다.

여러분, 머리가 좋다는 의미는 무엇일까요? 어떤 사람을 보고 머리가 좋다고 하나요? 당연히 머리가 큰 사람이 아닙니다. 뇌세포가 많은 뇌도 아닙니다. 바로, 전두엽, 후두엽 같은 서로 다른 뇌 영역이 긴밀히 상호 연결된 뇌를 말합니다. 뇌가 서로 연결되면 모든 신체 활동뿐만 아니라 정신 활동이 효율적으로 운영됩니다.

    예를 들어볼까요? 우리가 기타 연주를 처음 배운다고 생각해봅시다. 기타로 노래를 연주하려면 엄청난 노력이 필요합니다. 기타를 연주하는 뇌 속 프로그램이 서툴러서 이 과제에 뇌가 통째로 힘을 쏟아야 합니다. C 코드를 잡는 것부터가 고역입니다. 왼손으로는 코드를 잡아야 하고 오른손으로는 주법도 신경 써야 합니다. 모든 게 낯설고 정신적으로 힘들게 느껴집니다. 하지만 연습을 계속하다 보면 연주가 쉬워집니다. 연습을 많이 하면 뇌가 정보를 더 효율적으로 전달합니다. 코드를 잡고 주법을 자연스럽게 연주합니다. 뇌 속 신경 네트워크를 통해 신호가 반복적으로 전달되어 연결이 강화된 것입니다. 나중에는 다른 생각을 하면서도 기타 연주가 가능해집니다. 연주에 필요한 정신적 노력은 점점 줄어들고, 결국에는 아무 생각 없이도 자동으로 기타를 연주할 수 있는 경지에 오릅니다.

    기타로 노래를 연주하기 위해서는 서로 다른 영역의 뇌세포들이 활성화되기 때문에 해당 영역들끼리 긴밀히 연결되어야 합니다. 뇌에서 시각을 담당하는 부분이 악보를 잘 봐야 합니다. 왼손과 오른손의 손가락 근육을 담당하는 부분도 함께 연결되어야 합니다. 소리를 듣는 뇌 영역도 유기적으로 결속되어야 합니다.

독서도 마찬가지입니다. 눈으로 글자를 읽으면서 내용을 이해하고, 상상하고, 비판적으로 사고하는 과정에서 뇌 속 모든 부분이 활성화됩니다. 독서 초보는 뇌의 모든 부분을 활성화해야 간신히 책을 읽습니다. 책을 읽는 행위가 정신적으로 힘듭니다. 하지만, 독서를 계속하게 되면 책 읽는 신경 네트워크가 강화되고 나중에는 별다른 노력 없이도 책을 읽을 수 있습니다. 우리가 독서를 해야 하는 이유는 생각하는 힘을 기를 수 있기 때문입니다. 독서하면 뇌 영역이 밀접하게 상호 연결됩니다.

달리면 머리가 좋아집니다. 서로 다른 뇌 영역 사이에 강력한 연결을 만들 수 있습니다. 달리면 뇌의 작동 방식에 근본적으로 더 큰 변화가 찾아옵니다. 달리기를 하면 그저 기분만 좋아지고 끝나지 않습니다. 집중력과 기억력, 창의력,

스트레스에 저항하는 능력도 함께 좋아집니다. 정보를 더 신속하게 처리할 수 있어서 생각은 더 빨라지고, 지적 자원을 필요에 따라 더 능숙하게 동원할 수 있습니다. 주변이 정신없이 돌아갈 때도 집중할 수 있고, 차분함을 유지할 수 있습니다. 그러니 이 사실을 알고 제가 얼마나 기분이 좋았겠습니까?

이 정도면 달리기는 사기입니다. 이렇게 설명했는데도 달리지 않는다면, 당신은 바보입니다.

–

달리기 필수 아이템

무엇이든 장빗발입니다. 살림살이에도 좋은 장비가 있으면 생활이 윤택해집니다. 캠핑하러 가도 장비가 좋으면 여행이 더 즐거워집니다. 달리기도 마찬가지입니다. 무엇보다 반가운 점은 다른 장비보다 그리 비싸지 않다는 것입니다. 다음 아이템이 있다면 보다 효과적으로 달리기를 즐길 수 있고, 건강과 안전을 지킬 수 있습니다.

1. 러닝화

달리기를 시작할 때 가장 중요한 준비물 중 하나는 러닝화입니다. 발을 지탱하고 보호해주는 쿠션과 지지력이 충분한 러닝화를 선택해야 합니다. 달리는 동안 발과 다리에 가해지는 충격을 줄이려면 적절한 쿠션과 지지력이 필수입니다. 여러분의 발

형태와 걸음에 맞는 신발을 찾는 것도 중요합니다. 너무 작은 신발은 발을 짓누르고 불편을 초래합니다. 신발이 너무 크면 발이 헛돌아 부상을 유발합니다. 매장에서 신발을 직접 신어보고 편안하게 달릴 수 있는 운동화를 찾아야 합니다.

특히, 새벽 달리기를 한다면 빛이 반사되는 재질이 있는 러닝화가 좋습니다. 새벽에는 깜깜해서 자동차 운전자가 여러분을 확인하지 못할 수도 있습니다. 가능하다면 안전을 위해 반사 재질이 있는 러닝화를 선택하세요.

2. 적절한 옷

옷이 날개라는 말은 달리기에도 똑같이 적용됩니다. 달리기 할 때는 편하고 통기성이 좋은 옷을 입어야 합니다. 땀을 흡수하고 건조가 빠른 소재로 만들어진 티셔츠와 바지를 선택합니다. 또한, 날씨에 따라 옷을 조절할 수 있으면 좋습니다. 봄과 가을 새벽에는 쌀쌀하니 처음에는 바람막이를 입고 달리다가 더우면 벗고 뜁니다. 겨울에 달릴 때는 체온 보호를 위해 경량 패딩을 입습니다.

러닝화와 마찬가지로 옷에도 빛을 반사하는 재질이 있으면 좋습니다. 요즘에는 운동복에 조금씩 빛 반사 재질이 포함되어 있으니 확인해보세요.

3. 보조 장비

달리기를 할 때 유용한 보조 장비들이 있습니다. 평소에 땀이 많다면 헤어밴드로 땀을 막아주는 게 좋습니다. 여름에는 해가 일찍 떠서 새벽 달리기를 할 때도 눈이 부실 때가 있습니다. 스포츠 선글라스를 사용하면 눈을 보호할 수 있습니다. 스마트워치나 달리기 애플리케이션을 활용하면 뛴 거리와 시간을 추적하고 달린 성과를 기록할 수 있습니다. 스마트워치가 없다면 휴대폰을 들고 뛰면 됩니다. 날씨가 쌀쌀한 계절에는 윗옷에 휴대폰을 넣고 달려도 되지만 여름에는 힘듭니다. 이럴 땐 휴대폰을 거치할 수 있는 팔 밴드를 이용하면 좋습니다. 팔뚝에 휴대폰을 거치하면 손이 편해져 달리기를 자유롭게 할 수 있습니다.

4. 회복 용품

달리기를 마치면 충분한 휴식과 회복 시간이 필요합니다. 보디 롤러는 운동 이후 근육통을 없애주는 데 효과적입니다. 보디 롤러를 이용해 종아리나 허벅지를 마사지합니다. 근육이 뭉쳐 뻐근한 부위를 지압하면 한결 시원한 느낌이 듭니다. 마사지한 부위에 혈액순환이 잘되어 운동으로 쌓인 젖산이 제거되고, 근육에 산소 공급이 원활하게 이루어집니다.

스트레칭용 매트를 준비해서 관절과 근육을 풀어주는 것도 좋습니다. 무리했다면 아이스팩으로 근육을 이완할 수도 있습니다. 달리기를 하는 것도 중요하지만, 휴식과 회복 시간을 통해 부상을 예방하는 일도 반드시 챙겨야 합니다.

5. 물병

달리기할 때는 수분 보충이 중요합니다. 평소에는 달리기 전에 물을 충분히 마시고, 운동 후에 물을 마십니다. 하지만 여름에는 새벽에도 해가 일찍 뜨고 덥습니다. 땀을 많이 흘리기 때문에 수분을 채우기 위해 물병을 들고 달립니다.

여름에는 챙겨야 할 아이템이 많습니다. 스포츠 선글라스로 눈을 보호하고, 팔 밴드로 휴대폰을 고정합니다. 물병을 가져가 수분을 보충합니다. 이쯤 되면 달리기 초보를 벗어나 중수 정도는 될 수 있습니다.

여름에는 새벽 6시에도 해가 이렇게 밝습니다.

나는 오늘도 달린다

5
장

나를
진화시킨다

1. 도파민 샤워

–

오늘도 4시 50분에 일어나 달리고 왔습니다. 이번 주부터 기존에 뛰던 코스보다 멀리 다녀오고 있습니다. 거리가 1㎞ 늘었습니다. 새벽에 일어나 달리는 일이 습관으로 정착했기 때문에 평소보다 조금 더 걷는 것은 그리 어렵지 않습니다. 이렇게 조금씩 행동의 범위를 늘려나가야 합니다. 그럼 원하는 결과를 얻을 수 있습니다.

『저는 이 독서법으로 연봉 3억이 되었습니다』라는 책을 보면 실행력을 높이는 방법이 나옵니다.[17] 저자는 만났던 사람들 중에 존경스러운 분들을 떠올려보고 공통점을 발견합니

_____

17 『저는 이 독서법으로 연봉 3억이 되었습니다』, 내성적인 건물주, 메이트북스, 106~115쪽

다. 이들은 무언가를 꾸준하게 지속했습니다. 그래서 저자도 무엇을 하더라도 부지런하고 끈기 있게 하는 사람이 되겠다고 결심합니다. 물리치료사 공부를 계속하고, 2년 넘게 유튜브도 했습니다. 이때 실행하면서 중요한 점은 '쉬운 목표'를 정하는 겁니다. 저자는 누가 들으면 코웃음 칠 정도로 하찮은 목표를 세웁니다. 작은 목표를 부단히 실행하다 보니 처음에는 상상도 할 수 없던 일을 이룰 수 있었습니다.

우리도 이를 적용해야 합니다. 새벽에 일어나 3㎞를 달리는 것을 최종 목표라고 생각해봅시다. 이걸 쉬운 행동으로 쪼갭니다. 일단 5시에 일어나는 일을 목표로 합니다. 밖에 나가지 않아도 됩니다. 일단 새벽에 일어났으면 성공입니다. 이걸 며칠 반복하다가 이제는 밖에 나가보는 걸 목표로 삼습니다. 현관문을 박차고 나가 새벽 공기를 마시고 옵니다. 뛰지 않아도 됩니다. 나간 걸로도 성공입니다. 다음 주에는 놀이터를 한 바퀴만 걷다가 옵니다. 그다음 주에는 1㎞를 걷다가 들어옵니다. 이렇게 점차 행동의 범위를 늘립니다. 처음부터 커다란 목표를 세우면 며칠 하지 못하고 포기하게 됩니다. 그러면서 "역시 나는 안 되나 봐.", "새벽 달리기는 무슨,

그 시간에 잠이나 자야지." 하고 자책하게 됩니다. 그러니 처음에는 쉬운 행동을 목표로 삼아야 합니다. 하찮을 정도로 낮은 목표를 세워야 시작이 순조로울 수 있습니다.

목표를 낮게 잡는 전략은 발 담그기 이론입니다. 수영을 하기 전에 물에 발만 살짝 담가보고 물 온도를 점검하잖아요? 팔에도 살짝 물을 묻혀보고, 가슴에도 물을 적십니다. 그런 다음 물속에 풍덩 들어갑니다. 이런 과정 없이 초보가 깊은 수영장에 바로 뛰어들면 어떻게 될까요? 위험합니다. 생명에 위협을 느낀 이 사람은 다시는 수영을 하지 않으려고 할 겁니다. 그러니 달리기 초보인 우리도 물에 풍덩 들어가는 것이 아니라 발만 담가야 합니다. 일단 새벽에 일어나는 걸 목표로 세워보세요. 달리는 건 아직 순서가 아닙니다. 나중에 해도 됩니다.

『저는 이 독서법으로 연봉 3억이 되었습니다』의 저자 내성적인 건물주님은 어느 시점부터 실행력이 좋아졌고, 약속을 잘 지키고, 일정을 까먹은 적이 없을 정도로 꼼꼼해졌습니다. 머리가 좋아진 것도, 성향이 바뀐 것도 아닙니다. 그럼 어떻게 했을까요? 익숙한 환경에 새로운 행동을 추가하는 전략을 세웠습니다. 저자는 아침마다 사과 당근즙을 마시는 습관이 있었는데, 책상 위에 읽고 싶은 수필 책을 두었습니다. 자기 계발서나 휴대전화는 절대 두지 않았습니다. 평소 습관적으로 하는 '사과 당근즙 마시기'라는 환경에 '수필 읽기'만 더했습니다. 그래서 자연스럽게 사과 당근즙을 마시면서 수필을 읽을 수 있었습니다.[18]

우리도 마찬가지로 이 전략을 사용해봅시다. 발 담그기 전략으로 매일 1㎞를 걷고 달리는 습관이 잡혔다면 새로운 행동을 추가하는 전략을 사용해보세요. 새로운 행동으로 명상을 추가해봅니다. 여러분이 앞으로 되고 싶은 모습을 시각화해보는 겁니다. 그동안 아무 생각 없이 달리기만 했는데, 시각화를 해보니 미래를 상상하는 일이 즐겁고 재밌습니다. 그러면 움직임 명상이 습관으로 굳어질 수 있습니다.

다른 행동도 가능합니다. 조깅을 마치고 나면 집으로 갈 때 엘리베이터를 타지 말고 계단으로 올라가 봅니다. 저는

---

18 『저는 이 독서법으로 연봉 3억이 되었습니다』, 내성적인 건물주, 메이트북스, 170~176쪽

조깅하고 나면 13층 집까지 걸어서 올라갑니다. 3㎞를 뛰고 왔는데 계단으로 올라가는 일은 그다지 어렵지 않습니다. 조금만 더 운동한다는 생각으로 걸어갑니다. 이렇게 새로운 행동을 추가하다 보니 조깅하고 와서 근력 운동까지 하게 됐습니다. 팔굽혀펴기 50번을 하고 씻으러 갑니다.

쾌락 중추에서 형성되는 신경전달물질인 도파민은 짜릿한 쾌감을 주는 물질입니다. 어떤 행동에 관심이 생기거나 상대방에게 호감이 생길 때 도파민이 분비됩니다. 적당량의 도파민은 사람에게 에너지와 의욕을 주고, 쾌락과 행복을 느끼게 해줍니다. 그로 인해 호감을 주는 대상에 대해 더 많이 생각하게 되고, 뇌 활동이 활발해집니다. 도파민이 적절히 분비되면 행동에 몰입할 수 있습니다.

발 담그기를 통해 밖에 나가 뛰고 오면 우리 뇌에서는 도파민이 분비됩니다. 조깅이 재밌어지고 즐거워집니다. 이때 분비되는 도파민 덕분에 새로운 행동을 추가하는 것도 어렵지 않습니다. 뛰고 나서 근력 운동도 쉽게 할 수 있습니다. 새로운 행동에 성공하면 또다시 도파민이 분비됩니다.

저는 오늘 아침 달리기로 도파민 샤워를 했습니다. 여러분도 이번에 소개해드린 두 가지 전략으로 도파민 분비 한번 해보시겠어요?

여름에 계단 운동을 하면 멀리 동해의 일출도 볼 수 있습니다.

2. 가장 현명한 포기

–

 새벽 달리기는 건강을 챙기고 하루의 기분을 단번에 챙길 수 있는 활동입니다. 새벽 공기를 마시며 달리는 순간, 세상에 다시 태어난 느낌이 듭니다. 왜냐하면 이불을 박차고 게으름의 늪을 빠져나와 달리기하면 삶의 주도권을 온전히 제가 쥐고 있다는 생각이 들기 때문입니다. 새벽에 뛰는 사람들을 보면 나이를 불문하고 모두 건강한 기운으로 가득합니다. 달리면서 하루를 활기차게 시작하는 사람에게는 살아 움직이는 힘이 느껴집니다.

 『아무튼, 달리기』를 보면 아침 러너들과 밤 러너들을 비교한 표현이 나옵니다. 밤의 러너들은 이미 과거가 된 하루를 차분히 쓸어 담고 정리하는 사람들입니다. 일상에 치여 기진

맥진했던 마음을 들여다보고 삶이 남긴 근심과 아쉬움을 날숨으로 내뱉습니다. 반면, 아침에 달리는 사람들은 하루를 낙관의 물감으로 물들입니다. 성실함과 에너지를 재료로 인간의 형상을 빚는다면 아침 러너들의 모습일 거라는 표현에 동감합니다. 아침 러너들은 양(陽)의 에너지를 뿜어내며 긍정으로 하루를 시작하는 사람들입니다.[19]

새벽에 일어나 상쾌하게 하루를 시작하려면 어떤 준비가 필요할까요? 생기로운 계절의 소리를 들으며 활기 넘치는 바깥세상과 만나려면 전날부터 준비가 필요합니다. 바로 충분한 수면입니다. 새벽에 일어나 달리기 위해서는 수면이 가장 중요합니다.

요 며칠 동안 아이가 아파 운동을 하지 못했습니다. 아이는 기침도 하지 않고 중이염도 아닌데 열이 계속 떨어지지 않았습니다. 병원에서는 요즘에 유행하는 바이러스라고 했습니다. 아이와 함께 자면서 새벽에 화장실도 데리고 가고, 해열제도 먹였습니다. 간밤에 아이가 울고 뒤척이니 잠을 제대로 잘 수가 없었습니다. 운동하기 위해 알람을 맞춰놓았지

---

19 『아무튼, 달리기』, 김상민, 위고, 17쪽

만, 일어나지 못하고 더 잘 수밖에 없었습니다. 일상생활도 피곤한데 새벽 운동은 불가능했습니다.

새벽에 일어나 달리기 위해서는 전날 일찍 자는 습관을 들여야 합니다. 충분한 수면 없이는 아침에 활력을 얻기 힘듭니다. 성인이라면 평균적으로 하루에 일곱 시간 이상 자는 것이 좋습니다. 스마트폰과 컴퓨터 화면을 잠들기 한 시간 전에는 꺼야 합니다. 그리고 자기 전에 일정한 수면 패턴을 만들어야 합니다. 저는 평소에 여섯 살 아이를 재우면서 함께 잡니다. 9시 반에서 10시 사이에 잠들고 일곱 시간 자고 일어납니다. 충분히 자고 일어나야 운동할 수 있습니다.

편안한 수면 환경을 조성하는 것도 중요합니다. 어둡고 조용한 환경은 수면의 질을 높이는 데 도움이 됩니다. 자기 전에 스트레칭을 하거나 느린 박자의 음악을 들으면 수월하게 잠들 수 있습니다. 저는 자기 전에 유튜버 '자세요정 JSYJ'님이 알려준 스트레칭을 꼭 합니다. 잠이 언제 들었는지 모르게 금방 잘 수 있습니다.

매일 일정한 시간에 일어나는 것도 생체리듬을 조절하는

데 도움을 줍니다. 아침마다 같은 시간에 일어나는 습관을 지니면 생체 시계가 조정되어 아침에 일어나기가 쉬워집니다. 그러니 일정한 시간에 잠들고, 같은 시각에 일어나는 것이 좋습니다. 저는 밤 10시에 자고 새벽 5시에 일어나는 것을 원칙으로 합니다.

어떻게 밤 10시에 잘 수 있냐고 반문하실지도 모르겠습니다. 새벽에 일어나서 운동하려면 일찍 자야 합니다. 일찍 자려면 회식 같은 모임을 포기해야 합니다. 저는 아이가 태어나고부터 모임을 모두 없앴습니다. 직장에서 하는 회식도 식사만 하고 2차는 가지 않습니다. 친구들과 하는 모임도 나가지 않았습니다. 친구들이 모두 가정을 꾸리고 아이를 낳다 보니 자연스럽게 모이지 않게 되었습니다. 저는 원래 배드민턴 동호회에 들어가 운동했습니다. 이 동호회도 끊었습니다. 그럼 무슨 낙이 있느냐고 물어보실 것 같습니다. 어떤 일이든 하나를 얻기 위해서는 다른 하나를 포기해야 합니다. 새벽에 일어나 운동하려면 포기하는 것이 있어야 합니다. 저는 새벽 달리기를 위해 저녁 술자리와 모임을 포기했습니다.

국민 MC 유재석도 바쁜 일정으로 몸이 힘들 때 오랫동안 피웠던 담배를 끊었다고 하죠? 운동을 통해 체력을 단련한 덕분에 여러 스케줄을 소화할 수 있었습니다. 유재석은 방송을 위해 담배를 포기했습니다. 새벽 달리기를 위해서는 저녁 모임과 술자리를 포기해야 합니다. 방송을 위해 담배를 포기한 것은 부끄러운 일이 아니라 멋진 선택입니다. 새벽 달리기를 위해 저녁 모임과 술자리를 포기하는 것도 부끄러운 행동이 아닙니다. 오히려 자랑할 만한 일입니다. 그러니 용기를 갖고 포기해보세요. 용기를 낸 만큼 돌아오는 이익은 커집니다.

정리해볼까요? 새벽 달리기는 건강과 활력, 두 마리 토끼를 한 번에 잡을 수 있는 훌륭한 습관입니다. 하지만 충분한 수면 없이는 그 효과를 제대로 누리기가 어렵습니다. 저녁 모임과 술자리를 포기해야 합니다. 하루 일곱 시간 이상 주무시고, 규칙적인 생활 습관을 만들어보세요. 그러면 여러분도 새벽 달리기를 기분 좋게 시작할 수 있습니다.

엠씨스퀘어라는 기계를 아시나요? 중학교 2학년 때 36만 원을 주고 이 기계를 샀습니다. 공부할 때 이 기계를 사용하면 집중력이 좋아진다는 광고를 보았습니다. 광고에서는 이 기계를 착용하고 자면 잠을 덜 자도 피곤하지 않다고 했습니다.

효과는 있었습니다. 중학교 1학년 때 전교 30등 정도를 했는데, 이 기계를 사용하고 바로 전교 1등을 했습니다. 성적이 올라가니 모든 것이 엠씨스퀘어 덕분이라고 생각했습니다. 매일 자면서 기계를 사용했고, 잠을 줄이면서 공부했습니다. 아쉽게도 고등학교에 올라갈 때쯤 기계가 고장 나서 더 이상 사용할 수 없었습니다.

고등학교에 올라가서는 '4당 5락'이라는 말을 믿었습니다. 인생의 1/3을 잠으로 보낸다는 사실이 아쉬웠습니다. 잠을 자는 시간에 공부하거나 일을 할 수 있다면 좋겠다고 생각했습니다. 잠이 비효율적이라고 생각했습니다. 90분 수면 패턴이 있다는 말을 듣고 6시간을 자다가 4시간 30분만 잔 적도 있습니다. 고등학교 내내 피곤했고, 수업 시간에는 항상 졸았습니다.

지금은 예전에 했던 생각들이 완전히 잘못이었다는 사실을 알게 되었습니다. 우리 뇌는 잠을 자는 동안 낮에 있었던 일들을 되짚고, 무엇을 장기 기억으로 보낼지 선별합니다. 잠을 자는 동안 낮에 쌓였던 뇌 속 찌꺼기들이 제거됩니다. 잠을 충분히 자야 다음 날 아침에 우리 몸과 뇌는 신선한 상태가 됩니다. 미라클 모닝도 좋지만, 잠을 제대로 자고 아침을 맞이해야 합니다. 잠을 무조건 줄이는 게 능사가 아닙니다. 충분히 자고 일어나야 기적이 일어납니다.

그렇다면 잠은 얼마나 자야 할까요? 우리에게 필요한 수면 시간은 기사나 논문마다 다릅니다. 건강한 뇌를 유지하려면 7~9시간을 자야 하지만, 사람마다 필요한 수면 시간은 다릅니다. 『브레인 키핑』에서는 자신에게 필요한 수면 시간을 측정하는 방법을 가르쳐줍니다.[20] 여러분도 3~4일 정도 시간을 내서 다음과 같은 일을 해보세요.

1. 카페인과 알코올을 섭취하지 않는다.
2. 잠자리에 들기 전 2시간 동안 전자 기기를 사용하지 않는다.
3. 처방받은 것이든 일반 의약품이든 수면제를 복용하지 않는다.
4. 피곤하면 잔다.
5. 알람을 맞춰두지 않는다.
6. 푹 쉬었다고 느끼면 일어난다.

저는 위의 방법대로 해보니 7시간 20분이었습니다. 이렇게 자고 일어나니 하루가 가뿐하고 개운했습니다. 제 최적의 수면 시간을 알게 된 것만으로도 너무나 기뻤습니다. 그리고 이를 새벽 달리기에 적용했습니다.

저는 새벽 5시에 일어나 달리는 것을 목표로 삼았습니다. 출근하기 전, 30분 정도 책을 읽거나 글을 쓰려면 5시에는 일어나 운동해야 했습니다. 그러면 최적의 수면 시간에 맞춰

---

20 『브레인 키핑』 마크 밀스테인, 웅진지식하우스, 174쪽

전날 자야 하는 시간이 나옵니다. 저는 밤 9시 40분에는 잠이 들어야 합니다. 그래서 아이를 늦어도 9시 30분에는 재우려고 합니다. 아이를 재우면서 저도 함께 잠자리에 듭니다.

잠은 보약입니다. 잠을 자면서 우리 몸은 휴식을 취하고 몸과 마음을 회복합니다. 새벽에 달리기를 잘하려면 잘 자는 게 먼저입니다. 지금 이 글을 쓰는 시간은 벌써 밤 10시입니다. 아~ 졸리네요. 먼저 자러 가겠습니다. 그럼, 안녕히 주무세요.

　새벽 햇살이 그림자를 점차 연하게 만들어가는 순간, 저는 매일 달립니다. 조용한 동네를 뛰면서 신선한 공기를 마시고 땀을 흘리면 상쾌하고 개운합니다. 여러분도 이제는 제 말을 듣고 달리기를 하고 계실 거라 믿습니다. 하지만 무슨 일이든지 처음에는 흥분되고 열정이 넘치지만, 시간이 지나면서 열의는 사그라지기 마련입니다. 그래서 여러분께 조언을 드리려고 합니다. 바로 습관을 형성하는 세 가지 고리를 알고, 이를 이용하는 것입니다. 새벽 달리기는 우리의 의지만으로는 지속할 수 없습니다. 매일 달리기 위해서는 습관의 힘을 이용해야 합니다.

　찰스 두히그는 베스트셀러 『습관의 힘』에서 "의지력을 강화하도록 사람들을 돕는 가장 효과적인 방법은 의지력을 습관화하는 것이다."라고 말합니다. 의지력은 팔이나 다리 근육과 비슷합니다. 의지력을 많이 쓰면 피로해집니다. 의지만으로는 일을 지속할 수 없습니다. 그래서 똑똑한 사람들은 의지력을 쓰지 않고 습관으로 행동합니다. 이들은 행동을 습관으로 만들었기 때문에 의식할 틈도 없이 의지력이 발휘됩니다. 새벽에 일어나 달리는 일도 습관으로 만들어야 합니다. 그렇다면 새벽 달리기를 습관으로 만들고 유지하려면 어떻게 해야 할까요?

『습관의 힘』에서는 습관을 세 가지 요소로 설명합니다.[21] 신호, 보상, 반복 행동입니다. 어떤 신호를 받으면 보상을 위해서 반복 행동을 하게 되는데 이 반복 행동이 습관입니다. 저는 새벽 5시에 일어나 30분 동안 걷다가 뛰고 돌아옵니다. 일찍 일어나는 것과 조깅하는 일이 습관으로 굳어졌습니다. 5시에 맞춘 알람 소리는 '신호'입니다. 운동을 마친 후에 느끼는 성취감과 아침을 의미 있게 보냈다는 마음이 '보상'입니다. 다른 사람들이 아직 자고 있는 새벽에 일어났다는 우월

21　『습관의 힘』 찰스 두히그, 갤리온, 41쪽

감과 하루를 알차게 시작했다는 보상을 얻기 위해 매일 달립니다. 저에게는 매일 달리는 이 '반복 행동'이 습관입니다.

새벽에 일어나 운동하는 데는 유혹이 많습니다. 전날 술자리나 모임도 우리를 방해합니다. 조금만 더 자고 싶은 마음도 큰 걸림돌입니다. 이 유혹들에 굴복하지 않으려면 더 큰 보상이 있어야 합니다. 새벽에 일어나 운동하는 일이 다른 유혹들보다 더 가치가 있다고 여겨져야 유혹을 뿌리칠 수 있습니다. 우리는 유혹보다 보상에 더 집중해야 합니다. 보상에 대한 열망을 가벼운 집착으로 승화시켜야 합니다. 이 보상에 대한 열망으로 유혹을 떨쳐낼 수 있습니다.

저는 새벽에 일어나 조깅하고 돌아온 제 모습이 너무나 멋졌습니다. 모두 잠들어 있는 깜깜한 아파트를 보면서 달리는 게 그렇게 뿌듯할 수 없었습니다. 나약한 저를 이기고 하루를 시작한다는 마음이 들었습니다. 이미 새벽을 알차게 시작했기 때문에 왠지 모르게 남은 하루도 알차게 보낼 수 있을 것 같았습니다. 이 뿌듯함이 더 자고 싶은 유혹보다 가치가 높았습니다.

여러분도 새벽 달리기로 운동하고 싶으신가요? 눈을 뜨자마자 밖에 나가는 신호를 만들어보세요. 운동을 마친 뒤에 오는 성취감과 뿌듯한 마음을 보상으로 선택하세요. 아니면 운동을 마친 후에 먹는 달콤한 사과주스를 보상으로 선택할 수도 있습니다. 몰라보게 달라진 날씬한 몸매를 그려볼 수도 있습니다. 그 무엇이 됐든 우리는 이 보상을 기대해야 합니다. 보상에 대한 열망이 여러분을 새벽 운동으로 이끌어줄 겁니다.

우리 삶에 존재하는 모든 행동은 습관으로 시작합니다. 우리가 먹고 자는 방법, 대화를 나누는 자세, 시간과 돈을 사용하는 태도 등은 우리의 습관과 무관하지 않습니다. 정해진 습관을 바꾸는 일은 쉽지 않지만, 그렇다고 불가능한 일은 아닙니다. 습관의 고리를 알면 우리는 습관을 바꿀 수 있습니다. 습관을 개선하는 방법을 깨닫게 되면 습관을 지혜롭게 이용할 수 있습니다. 이때부터 남는 과제는 습관을 바꾸겠다고 결심하고 실천하는 것입니다. 습관의 책임은 우리 자신에게 있습니다.

담배를 20년 동안 피운 사람이 있다고 생각해봅시다. 이 사람의 행동을 습관의 세 가지 고리로 나누어 생각해볼까요? 아침에 일어나서 바로 담배를 피운다면 기상하는 것 자체가 신호가 됩니다. 식사 후에 담배를 피우고 싶다는 생각이 든다면 식사 자체가 신호입니다. 쉬는 시간에 동료와 담배를 피우는 습관이 있다면 쉬는 시간이 신호가 됩니다. 이 사람의 보상은 무엇일까요? 아침에 혼자 보내는 시간, 다른 사람과 함께 유대감을 형성하고 싶은 마음, 혹은 다른 사람에게 멋져 보이고 싶다는 생각이 보상일 수 있습니다.

이 사람이 금연에 성공하려면 어떻게 해야 할까요? 습관의 고리를 끊어야 합니다. 새로운 보상을 생각해야 합니다. 담배 냄새 없는 깨끗한 모습을 열망할 수 있습니다. 건강하고 활기찬 모습을 보상으로 선택할 수도 있습니다. 담배를 끊고 얻는 보상이 담배를 피우면서 느끼는 보상보다 더 가치가 높다면 20년간 피운 담배도 끊을 수 있습니다. 새로운 습관은 만들 수 있습니다.

매일 아침에 일어나 조깅하고 싶으신가요? 새벽 달리기를 습관으로 만들려면 세 가지 고리를 생각해야 합니다. 신호–

반복 행동—보상. 조깅으로 여러분은 어떤 보상을 얻기를 바라시나요? 습관을 여러분의 편으로 만드시길 바랍니다.

5. 사는 게 재미없는 분들께

—

  습관, 루틴, 리추얼이라는 말을 들어보셨나요? 이 세 단어 가 뒤섞여 불리고 있습니다. 모두 같은 뜻인 듯 사용하는 사람도 있고, 그 사이의 미묘한 차이에 주목하는 사람도 있습니다. 저도 습관과 루틴 그리고 리추얼 사이에 어떤 차이가 있는지 찾아봤습니다.

  습관은 말 그대로 어떤 행동을 의식하지 않고도 할 수 있는 수준이 된 겁니다. 우리는 인터넷 사이트에 로그인하려면 비밀번호를 칩니다. 이때 의식하지 않고도 손이 자동으로 움직이지 않으세요? 현관문 비밀번호를 누를 때도 비슷합니다. 어떨 때는 머리로는 생각나지 않는데 손가락이 자동으로 비밀번호를 입력하는 것 같습니다.

처음 운전할 때는 긴장해서 도로에 지나가는 모든 것이 신경 쓰입니다. 하지만 운전이 익숙해지면 어느 순간 자동으로 브레이크와 액셀을 밟습니다. 습관은 우리 일상 곳곳에 놓여 있습니다. 식사할 때 밥을 먼저 드시나요? 국물을 먼저 드시나요? 버스나 기차에서는 창가에 앉으시나요? 복도에 앉으시나요? 사람을 만나 먼저 대화를 꺼내시나요? 듣는 걸 편하게 여기시나요? 이 모든 행동이 우리의 습관에서 비롯합니다.

그럼 루틴은 무엇일까요? 습관이 점이라면 루틴은 이를 연결한 선입니다. 저는 매일 아침에 눈을 뜨자마자 제 소원 다섯 가지를 되뇌면서 일어납니다. 약을 하나 먹으면서 물 한 잔을 마십니다. 스트레칭을 마치고 분리수거 쓰레기를 챙겨서 밖으로 나갑니다. 달리기에도 순서가 있습니다. 천천히 걸으면서 주문을 걸고 뜁니다. 오랫동안 변하지 않는 행동 하나하나는 습관이고, 이를 연결한 일련의 행동이 루틴입니다. 제가 매일 하는 새벽 달리기는 멀리서 보면 습관이고, 가까이서 자세히 보면 루틴입니다.

그렇다면 리추얼은 무엇일까요? 리추얼의 사전적 의미는

거창합니다. 종교상의 의식이나 절차를 말합니다. 몇 해 전부터 MZ 세대를 중심으로 리추얼이 유행처럼 번지고 있습니다. 리추얼이란 일상에서 자신에게 의미 있는 행위를 찾아 그것을 신성한 의식으로 반복하는 일입니다. 즉, 습관에 '의미'를 부여하면 리추얼입니다.

저의 새벽 달리기는 습관이자 루틴이고, 의미부여 차원에서 보면 리추얼입니다. 매일 저를 새롭게 하는 일이자 제 소원을 반복해서 이야기함으로써 제 비전을 시각화하는 일이기 때문입니다. 새벽 달리기는 하루를 활기차게 하는 일이자 몸과 마음을 건강하게 하는 의식적인 행동입니다.

그럼 습관보다 리추얼이 더 중요한 걸까요? 우리가 깨어 있는 시간 동안 모든 행동에 의미를 담아 행동할 수는 없습니다. 그렇다면 굉장히 피곤한 일입니다. 그럼 우리는 왜 이렇게 '리추얼'이라는 단어에 열광하는 걸까요? 코로나19가 길어지면서 무기력증에 빠진 사람들이 많았습니다. 친구와 만나고, 동료들과 차를 마시고, 가족과 외출하는 일이 어려웠습니다. 사무실에서 동료들과 어울리던 일상을 재택근무로 대신했습니다. 외부 자극이 모두 끊어졌습니다.

관심을 줄 수 있는 유일한 대상이 자기 자신뿐이었습니다. 하지만 정작 내가 무엇을 하면 뿌듯함을 느끼고 기분이 좋은지 알지 못했습니다. 낯선 자신과 마주하는 시간이 찾아왔습니다. 가면을 벗고 있는 그대로의 자신을 직면하게 되었습니다. 내가 무엇을 좋아하는지 하나씩 해보는 수밖에 없었습니다. 그러자 내가 좋아하는 걸 찾고, 행동에 의미를 부여할 수 있었습니다.

김정운 교수의 『나는 아내와의 결혼을 후회한다』라는 책을 읽다가 아내에게 추궁당한 적이 있습니다. 제목만 이렇지, 내용은 정말 훌륭한 책입니다. 김정운 교수는 한국 사회의 가장 근본적인 문제는 사는 게 재미없는 남자들이라고 말합니다. 온갖 사회정의를 부르짖는 구호 뒤에 숨겨진 적개심, 분노, 공격성의 실체는 재미없는 삶에 대한 불안입니다.[22] 내삶이 행복해지려면 자신이 유쾌해지는 상황과 느낌을 구체적으로 정의하는 것이 필요합니다. 그리고 정서적 반응과 의미 부여 과정이 동반되는 반복되는 행동 패턴이 있어야 한다고 주장합니다. 앞에서 말한 '리추얼'입니다. 즉, 한국 사회문

22 『나는 아내와의 결혼을 후회한다』, 김정운, 쌤앤파커스, 10쪽

제를 해결하는 방법은 남자들이 재밌게 사는 것이고 이를 위해 리추얼이 있어야 한다는 겁니다.

저에게는 새벽 5시에 일어나서 달리는 일이 리추얼입니다. 운동하고 책상에 앉아 글을 쓰는 것도 리추얼입니다. 운동하고 나서 집중해서 글 쓰는 일이 그렇게 좋을 수가 없습니다. 글의 결과는 서툴지만 글 쓰는 재미가 쏠쏠하고 뿌듯합니다. 학교에 와서는 아이들이 오기 전까지 10분 정도 책을 읽습니다. 책을 읽기 전에는 머그잔에 카누를 탑니다. 물이 끓기 전까지 커피 향을 킁킁거리며 맡습니다. 물이 끓으면 커피를 홀짝이며 책을 봅니다. 제가 즐거워하는 일은 커피 향을 맡으며 독서하고 글 쓰는 것 외에도 혁오와 검정치마, 노엘 갤러거와 콜드플레이 노래를 듣는 것입니다.

여러분의 리추얼은 무엇인가요? 음악을 들으며 차를 마시는 시간도 좋습니다. 향기로운 향초를 켜고 명상하는 일도 멋집니다. 책 속에서 만나는 문장을 손으로 옮겨 써보는 시간도 훌륭합니다. 새벽에 일어나 심장이 뛰는 소리를 들으면서 몸이 움직이는 소리를 들어보시는 것은 어떠신가요? 평범한 일상 속 뿌듯함과 기쁨이 느껴질 겁니다. 주체적인 삶을 살고 있다는 기분이 들 겁니다. 여러분도 새벽 달리기를 리추얼로 만들어보세요.

매일 이곳에서 사진을 찍는 일도 제 리추얼입니다.

어떻게 하다가 새벽 달리기를 잘하게 됐는지 고민하다 보니 아버지가 떠올랐습니다. 아버지는 근면한 노동자의 표본이셨습니다. 상하수도 만드는 회사에서 25년이 넘도록 일하셨습니다. 아침 7시에 출근해서 밤 9시에 집으로 돌아오셨습니다. 8 to 8 근무셨는데 교통비를 아끼기 위해 1시간이나 통근 버스를 타고 다니셨습니다.

우리 집 가훈은 근면, 성실이었습니다. 아버지, 어머니 모두 직장에 나가서 일하셨습니다. 저는 그 모습을 보면서 자라왔습니다. 외동인 저는 집에서 홀로 있는 시간이 많았습니다. 주변에서는 "외롭지 않냐, 엄마, 아빠에게 동생을 낳아달라고 해라."고 하셨습니다. 하지만, 저는 홀로 있는 시간이 좋았습니다. 부모님께서는 제가 무엇을 하든지 믿어주셨습니다. 대신 행동으로 본보기가 되어주셨습니다.

제가 아내에게 항상 말하는 지겨운 레퍼토리가 있습니다. 저는 일곱 살에 고추를 땄습니다. 외가댁에서 과수원 농사를 하셨습니다. 밭에 나간 어머니께서 제게도 고추를 따봐야 한다고 하셨습니다. 농사를 제대로 해본 적은 없지만, 농사 중에 제일 힘든 일이 고추 따는 일인 것 같습니다. 끝도 없는 길을 쪼그려 앉아 걸어가면서 매운 고추를 따야 했습니다. 아버지께서는 매주 주말에 외가댁에 가서 일손을 도우셨습니다. 저는 아직도 비료 포대에 고추를 한가득 담아 짊어지고 고랑을 나오는 아버지의 모습을 기억합니다.

외삼촌께서는 매주 외가댁에서 묵묵히 일하는 아버지를 보며 존경스럽다고 하셨습니다. 아버지께서는 힘든 농사일을 아무 불평 없이 하셨습니다. 저도 그런 모습을 보면서 아버지의 태도를 배웠던 것 같습니다. 어느 정도 힘든 일은 그냥 참고 넘기는 성향입니다. 평소에 말이 별로 없는 것, 아내에게 무뚝뚝한 것도 아버지께 물려받았습니다. 아버지께 물려받은 게 하나 더 있습니다. 바로 새벽에 조깅하는 것입니다.

우리 집은 9시 뉴스가 끝나는 10시에 모두 잠자리에 들었습니다. 저는 새벽 6시 반에 일어나 아침을 먹었습니다. 저는 한 번도 아버지보다 밥을 빨리 먹지 못했습니다. 밥을 꾸역꾸역 먹는 저를 보고선 아버지께서 한 말씀 하셨습니다.

"새벽에 일어나 운동하고 와야 이렇게 밥맛이 좋지!"

아버지께서는 지금의 저처럼 새벽에 일어나 조깅을 하고 오셨습니다. 수능을 마치고 대학교 가기 전에 여유가 있잖아요? 그때 저도 아버지를 따라 처음으로 조깅을 나갔습니다. 충주천을 따라 뛰어서 탄금호를 보고 돌아오는 코스였습니다. 열아홉의 저는 마흔여덟의 아버지를 따라가지 못했습니다. 한 번도 쉬지 않고 5㎞를 뛰었다가 다시 5㎞를 돌아오는 코스였습니다. 달리기에 관한 책을 쓰고 있는 서른아홉인 지금의 저도 그렇게는 뛰지 못합니다. 열아홉의 저는 며칠 못가 혀를 내두르며 새벽에 일어나는 걸 포기했습니다. 일흔을 바라보는 아버지는 지금도 조깅을 하고 계십니다.

"설마 마지막 꿀팁이 유전자인 거야?"라고 말씀하실지 모르겠습니다. 네, 맞습니다. 일단 들어보시길 바랍니다. 인간은 엄마 배 속에서 부모로부터 받은 유전자의 지시에 따라 특정한 시냅스를 갖게 됩니다. 이 과정에서 우리 뇌의 뉴런은 부모의 일부를 반영해서 배열합니다. 이를 통해 유전자지도가 완성됩니다. 그래서 우리는 부모의 행동 양식을 물려받습니다. 우리가 부모와 비슷한 생각과 행동, 감정을 갖는 이유는 부모가 가장 많이 한 생각과 행동, 감정을 유전적으로 물려받았기 때문입니다.

우리는 부모로부터 우리의 기반이 되는 지식과 사고방식, 감정 등을 물려받습니다. 하지만 이건 50%의 영향력만 가집니다. 유전자는 삶의 첫걸음을 위한 디딤돌 역할을 할 뿐입니다. 우리는 부모로부터 물려받은 신경 회로를 바탕으로 새로운 신경 회로를 만들어나갑니다. 우리에게는 유전만 있는 것이 아닙니다. 우리는 주어진 환경을 경험하면서 나 자신을 만들어갑니다. 유전과 환경은 끊임없이 상호작용합니다. 우리가 환경 속에서 새로운 것을 배울 때마다 새로운 신경 회로가 만들어집니다. 이 신경 회로가 원래의 신경망에 덧붙여집니다. 우리의 존재는 이렇게 만들어집니다.

태어날 때부터 저장된 뇌 속 지식은 우리가 인생을 시작하기 위해 주어진 빈 상자입니다. 우리는 환경을 통해 학습하고 경험함으로써 이 빈 상자를 채워나갑니다. 새로운 신경 회로를 어떻게 만들 것인지는 결국 우리에게 달려 있습니다. 우리는 새로운 신경 회로를 만들 수 있을 뿐 아니라 더욱 정교하게 만들어 자신을 진화시킬 수 있습니다. 만약 새로운 것을 아무것도 배우려 하지 않는다면 우리는 유전자의 한계를 넘어서지 못하는 겁니다.

제가 아버지로부터 물려받은 성실의 유전자는 분명 선물입니다. 하지만 그렇지 않은 분들이라고 해서 "역시, 난 안 돼."라고 포기해서는 안 됩니다. 물려받은 유전자에 새로운 신경망을 연결하는 것은 여러분에게 달려 있습니다. 우리는 우리 자신을 진화시키는 존재이기 때문입니다.

성실의 유전자, 달리기의 유전자를 받지 못했다고 낙담하지 마세요. 이런 분들이 새벽 달리기를 하는 것이야말로 진정으로 자기 한계를 넘는 일입니다. 새벽 달리기로 여러분 스스로를 진화시켜 보세요. 여러분의 달리기를 응원합니다.

에필로그

마지막으로 여러분께 고백할 게 있습니다. 먼저 용서를 구합니다. 며칠 전부터 아파트 헬스장을 끊었습니다. 3개월에 3만 5,000원이라고 해서 3월 1일부터 시작했습니다. 새벽 달리기를 러닝머신 위에서 하고 있습니다. 아니, 움직임 명상을 한다면서 야외 달리기를 추천하다가 이제 와서 말을 바꾸니 배신감이 드실지도 모르겠습니다.

두 가지 이유가 있었습니다. 첫 번째 이유는 러너스 하이를 경험해보고 싶었기 때문입니다. 아무리 달리기 햇병아리라고 해도 러너스 하이는 해보고 책을 출간해야겠다는 생각이 들었습니다. 러너스 하이를 경험하기 위해서는 30분에서 45분 정도는 뛰어야 한다고 합니다. 그런데 야외에서는 일정한 속도를 맞추기가 어렵습니다. 신호등도 있고, 달리다 보면 속도를 더 내고 싶은 욕심이 생겨 결국 다시 걷게 됩니다. 러닝머신의 도움을 받아 느린 속도로 30분 넘게 뛰고 싶었습니다.

주말에 러너스 하이에 도전했습니다. 러닝머신 속도를 10으로 맞추고 35분 넘게 뛰었습니다. 호흡에 신경을 쓰고 흘러가는 시간을 잘 보면서 제 몸의 변화를 유심히 관찰했습니다. 러너스 하이에 도달했을까요? 아쉽지만, 못했습니다. 다음 주말에 40분을 목표로 뛰어볼 생각입니다. 그 전에 책이 출간되어 원고를 수정할 수 없다면, 제 유튜브 채널에 러너스 하이에 대해 생생한 소감을 전하도록 하겠습니다.

두 번째 이유는 새로운 도전을 하고 싶었기 때문입니다. 2021년부터 새벽 달리기를 했으니 곧 3년을 채웁니다. 이제는 '복근 만들기'라는 새로운 도전을 하고자 합니다. 달리기를 그만두는 것은 아닙니다. 헬스장에 가면 바로 러닝머신으로 갑니다. 저는 새벽 달리기로 운동이 습관이 되어 있으므로 근력 운동을 추가하는 것은 그리 어렵지 않았습니다.

새로운 습관을 만들기 위한 발 담그기 전략을 여기에도 적용하려고 합니다. 러닝머신으로 달리고 딱 10분간 근육 운동을 합니다. 어시스트 풀업 머신으로 턱걸이 12번씩 3세트, 덤벨 스쿼트 12번씩 3세트. 딱 두 가지만 합니다. 러닝머신 달리기와 근육 운동 두 가지로 최단 시간 운동을 끝냅니다.

『나는 오늘도 달린다』를 읽어주신 독자분들께 공언하려고 합니다. 2025년은 제가 40대에 접어듭니다. 40세가 되는 새해 첫날에 맞춰서 복근을 만들도록 하겠습니다. 40대도 섹시하다는 것을 보여드리겠습니다.

맨 처음에 이 책을 읽고 한 분이라도 새벽에 일어나 달리기를 실천한다면 더없는 기쁨으로 삼겠다고 했습니다. 끝까지 읽어주신 바로 당신이 내일 저와 함께 달려주시면 좋겠습니다. 감사합니다.

2024년 3월 29일 (금)

오전 5:42

이제는 헬스장에서 뛰고 기록을 남깁니다.

도움이 된 책들

『아무튼, 달리기』, 김상민, 위고

『달리기를 말할 때 내가 하고 싶은 이야기』, 무라카미 하루키, 문학

사상

『달리기는 제가 하루키보다 낫습니다』, 박태외, 더블엔

『달리기, 몰입의 즐거움』 미하이 칙센트미하이, 크리스틴 웨인코프

듀란소, 필립 래터, 샘터

『논어』, 공자, 홍익출판사

『뇌는 달리고 싶다』, 안데르스 한센, 반니

『여덟 단어』, 박웅현, 북하우스

『역행자』, 자청, 웅진지식하우스

『결국 해내는 사람들의 원칙』, 바바라 피즈, 앨런 피즈, 반니

『2억 빚을 진 내게 우주님이 가르쳐준 운이 풀리는 말버릇』, 고이
케 히로시, 나무생각

『행복의 기원』, 서은국, 21세기북스

『마음의 지혜』, 김경일, 포레스트북스

『미움받을 용기』, 기시미 이치로, 고가 후미타케, 인플루엔셜

『타이탄의 도구들』, 팀 페리스, 토네이도

『부의 마스터키』, 댄 록, 서영

『슈퍼 석세스』, 댄 페냐, 한빛비즈

『뇌내혁명』, 하루야마 시게오, 중앙생활사

『내면소통』, 김주환, 인플루엔셜

『독서의 기록』, 안예진, 퍼블리온

『운동화 신은 뇌』, 존 레이티, 에릭 헤이거먼, 녹색지팡이

『완벽한 공부법』, 고영성, 신영준, 로크미디어

『야근은 하기 싫은데 일은 잘하고 싶다』 가바사와 시온, 북클라우드

『저는 이 독서법으로 연봉 3억이 되었습니다』, 내성적인 건물주, 메이트북스

『브레인 키핑』, 마크 밀스테인, 웅진지식하우스

『습관의 힘』, 찰스 두히그, 갤리온

『나는 아내와의 결혼을 후회한다』, 김정운, 쌤앤파커스

나는 오늘도 달린다